陰翳礼讃
いんえいらいさん
EX-LIBRIS
©DEETEN PUBLISHING

日本經典文學

陰翳禮讚

いんえいらいさん

谷崎潤一郎 經典散文集

谷崎潤一郎（たにざきじゅんいちろう） 著
黃詩婷 譯

笛藤出版

目錄

刺青　しせい

每個人都為了努力讓自己更加美麗，甚至開始在與生俱來的身體上作畫。
那香氣濃烈又或絢爛無比的顏色及線條，就這樣躍上眾人的肌膚。

那個時代，人們尚且具備了名為「愚蠢」的貴重美德，世道不似如今處處競爭激烈。為了讓那些殿下或少爺們安穩的面貌不要籠罩上陰影，城中的仕女和花魁都費盡心思用上各種引人發笑的話題；還有賣弄自己饒舌的茶館老闆或藝妓助手這類職業都能光明正大存在，世間悠悠哉哉的那段時光。女定九郎、女自雷也、女鳴神……當時的戲劇和草雙紙上，都再再顯示出美麗之人便是強者、醜惡之人為弱者。每個人都為了努力讓自己更加美麗，甚至開始在與生俱來的身體上作畫。那香氣濃烈又或絢爛無比的顏色及線條，就這樣躍上眾人的肌膚。

要走馬道的客人，會選擇身上有豪華刺青的轎夫抬轎。吉原、辰巳的女人們也都喜歡有美麗刺青的男人。賭徒、建築工人原先就有那樣的習慣，而市民和為數不多的武士也會在身上刻畫圖樣。兩國有時會舉辦刺青會，大量與會者拍打著肌膚、稱讚彼此圖樣風格巧妙並加以品評。

有個名為清吉的年輕刺青師，手腕相當高明。據聞他手法高明完全不遜於淺草的茶利文、松島町的奴平、坤坤次郎等，已經有幾十個人的肌膚在他的畫筆之下彷彿畫布一般展開。在刺青會上博得許多好評的刺青，也多半出自他手。一般都說達摩金擅長渲染圖案、唐草權太則被稱為朱刺名手，而清吉則以奇妙構圖及妖豔的線條聞名。

清吉原先仰慕豐國國貞的畫風，因此以浮世繪師的身分維生，雖然後來墮落成為刺青師，依然維持其畫工風格的良心及敏銳度。若不是能夠吸引他的皮膚和骨骼，他是不會幫那客人刺青的。就算運氣好能讓他下筆，所有構圖和費用也都是他說了算，而且還得忍受針尖無比苦痛一到兩個月。

這名年輕刺青師的心中，潛藏著不為人知的快樂與宿願。當他將針尖刺向人們的肌膚時，大多數男性由於忍受那帶著赤紅色血液腫脹的肌肉疼痛，都會發出痛苦的呻吟。而那呻吟聲愈是強烈、愈是激烈，他便奇妙地感到難以言喻的愉快。刺青當中據說朱刺、渲染特別疼痛——因此使用這些技法讓他更加喜悅。一天平均要被刺上五六百針，為了讓成色更佳而必須先行入浴的那些人，出來以後多是半死不活倒在清吉的腳邊，好一陣子動彈不得。清吉總是冷冷地看著他們悽慘的樣子，嘴上說著：「挺痛的吧？」然後愉快地笑起來。

那些不中用的男人痛苦得彷彿自知死期般緊咬牙根斜著嘴發出唏噓哀號，而他則斜眼看向那些兩眼泛淚的男人說：「你也算是個江戶男子吧，忍著點。——畢竟清吉我的針就是特別痛。」然後繼續刺下去。但也有些忍耐力比較強的人，硬是連眉頭也不肯皺一下，清吉則會大笑到連牙齒都露出來，告訴他們：「唉呀？你倒是比外表看起來堅韌嘛。——不過你就看著吧，馬上就會感到疼痛了，你肯定會無法忍受的。」

他多年以來的宿願，就是得到閃閃發光的美女肌膚，然後將自己的靈魂刺進去。針對那女人的氣質和容貌，他可是有許多條件。光是只有美麗的臉龐和肌膚，是無法滿足他的。就算是調查整個江戶聲色區中名聲響亮的那些女人，也沒能輕易找到符合他心情的品味及氣質。他在心裡描繪著那未曾見過的樣貌，三四年來空虛地憧憬著那種對象，始終無法捨下自己的心願。

就在第四年夏天的某個傍晚，他從深川那小餐館平清前頭經過時，不經意地發現門口停的那駕籠[1]簾子下方，竟伸出了一雙白皙的纖纖女性赤腳。在他那銳利的眼睛當中，人類的腳就與臉龐一樣有著相當複雜的表情。那女人的腳對他來說，是貴重皮肉形成的寶玉。那由拇趾到小趾的纖纖五隻腳趾如此整齊，趾甲的色調有如繪之島海邊捕獲的那淺粉色貝類、腳踝圓潤如珠玉、皮膚滋潤的色澤彷彿那雙腳正放在清冽的岩間流水清洗。

就是這雙腳，會吸取男性的鮮血養育自我、踩踏在男人的屍骸之上。擁有這雙腳的女性，肯定就是他長年來尋尋覓覓、女人中的女人。清吉壓抑著興奮的心情，為了想見一見駕籠中的人而追在後頭，但過了兩三町[2]以後便不見其蹤影。

就在清吉那憧憬之心轉變為劇烈戀愛時也已近年底，到了第五年春天也過了大半，那件事情就發生在某天早晨。他在深川佐賀町的居所叼著根牙籤，愣愣望著斑竹製成的露天緣廊上的萬年青盆栽，此時庭院那木頭後門處似乎有人來訪，一個沒見過的小姑娘從竹籬之間走了進來。對方是清吉熟稔的辰巳那兒的藝妓派來的人。

「大姐說這件羽織要交給您，還請您在內裡畫些圖案上去……」女孩打開了薑黃色的包袱巾，裡頭是一件用岩井杜若[3]肖像畫包著的女性用羽織，另外還有一封信。

---

1 車廂。
2 兩三百公尺。
3 歌舞伎名演員第五代岩井半四郎。

那信上寫著這件羽織就麻煩您了，派過去的姑娘近日裡也會以我晚輩的身分接客，還請看在我的面子上也多多照顧這位姑娘。

「我總覺得應該沒見過妳，不過妳先前莫非有來過這一帶嗎？」清吉說話的同時直盯著女孩瞧。她的年紀看起來才要十六七歲，但或許是因為長久待在煙花柳巷，面容看起來嬌媚得像是已經將幾十個男人玩弄於手掌心般老到。這可是在全國罪惡與財富中心的京城，過去幾十年幾代生生死死數量眾多的美貌男女無數夢想中應當擁有的容貌啊！

「妳在去年六月左右，曾經由平清那裡坐著駕籠回去對吧？」清吉問著，同時讓女孩在緣廊上坐下，仔仔細細盯著那跨在放了備後國高級草蓆踏腳石上的纖細裸腳。

「是的，若是那時，父親還健在，因此我經常前往平清。」女孩笑著回答了這奇怪的問題。

「這樣一來剛好五年，我一直在等著妳。雖然我第一次看見妳的面容，但我對妳的腳有印象。——我有東西想讓妳看看，妳進來坐坐再走吧。」清吉拉起正準備告辭的女孩的手，將她帶到能看見大河水面的二樓房間，然後拿出了兩捲掛軸，在女孩面前攤開了一捲。

上頭畫的是暴君紂王的寵妃末喜。那身體柔弱彷彿無力支撐鑲嵌著琉璃與珊瑚的金冠，慵懶倚靠在欄杆上，綾羅綢緞製成的服裝衣襬垂至樓梯一半，右手傾斜拿著大酒杯，不管是那妃子瞧著庭院裡將要被處刑犧牲的男人的風貌，還是那四肢被鐵鍊綁在銅柱上，正在等待自己最後的命運降臨、於妃子面前只能閉眼垂頭的男人的表情，都描繪得相當精巧。

女孩望著這奇怪的圖畫出神，不知不覺眼神閃爍起光輝、唇瓣也顫抖著。更奇怪的是她的面容看起來竟有些像那妃子了。女孩發現了隱藏在當中的真實「自我」。

「這幅畫映照出了妳的心靈喔。」清吉說著愉快地笑了出來，盯著女孩的臉瞧。

「為什麼要讓我看如此可怕的東西呢？」女孩抬起蒼白的面孔問道。

「這幅畫裡的女人就是妳。這女人的血應該就流在妳的身體裡。」他又打開了另一幅畫。

那是名為「肥料」的一張畫。畫面中央有個年輕女性倚靠在櫻花樹幹上，正看著腳下數量眾多屍橫遍野的男性身軀。女人的身邊有高唱凱歌的小鳥們，而女人的眼中綻放出難以壓抑的高傲與歡喜。那是戰爭後的景色，又或是花園的春天呢？而看了這些東西的女孩，則試圖尋找著自己內心潛藏的東西究竟為何。

「這幅畫展現了妳的未來。死在這裡的人，都是為妳而丟了性命。」清吉說著，指了指圖畫裡和女孩一模一樣的面貌。

「算我求您，請快把那畫收起來。」女孩像是要逃避誘惑一般，轉過身去趴在榻榻米上，好一會兒才緩緩開了口。

「老闆，我招了。正如您所說的，我確實有畫中那女人的個性。——所以拜託您放過我，還請快把東西收起來吧。」

「請不要說那種膽小的話，妳應該多看幾眼這幅畫。只有剛開始會感到害怕而已。」清吉如此說著，臉上浮現了一如往常的壞心眼笑容。

但女孩始終不願意抬頭。她趴在榻榻米上，只顧用自己的襯衣袖子遮住臉龐，不斷說著：「老闆，請你放我回去吧。留在您這裡實在太可怕了。」

「哎呀妳等等。我會讓妳成為容貌更加美麗的女人。」清吉說著便悄悄靠近女孩。他的懷中放有從日本西醫那裡買來的麻醉劑藥罐。

日頭照射在河面上波光粼粼，將這八張榻榻米大的房間照耀得彷彿在燃燒。水面反射上來的光線在那安穩熟睡的女孩臉上及紙門上描繪出金色的波浪。清吉拉上了房門、拿出刺青的工具，好一會兒恍惚地坐著。他現在才能好好品味女孩那絕妙的容貌。甚至覺得面對那不動如山的容貌，即使靜坐在這房裡十年甚至百年，也都不會感到厭倦。就像是古代孟菲斯的人民以金字塔和人面獅身像妝點莊嚴的埃及天地，清吉也想以自己的愛戀來為清淨的人類皮膚增添色彩。

過了好一會兒，他才將夾在左手小指、無名指與拇指間的畫筆筆尖往女孩背上擲，然後右手持針刺下。年青刺青師傅的靈魂溶化在墨汁當中、滲入那皮膚。混入燒酒刺下的琉球朱色，每一滴都是他的生命。他在其中看見了自己靈魂的顏色。

不知不覺已過中午，那和煦的春色也逐漸西下，清吉完全沒有停手休息、女人也沒有醒來。雖然陪同藝妓的男僕由於女孩始終沒有回來而前來迎接，但清吉只說：「那女孩早就回去囉。」便趕走對方。

等到月亮都爬到對岸土州宅邸之上、那夢幻光芒照射進沿岸一帶各屋宅房間裡，刺青都還沒完成一半，清吉專心地挑亮了蠟燭。

就算只是要滴下一滴顏色，對他來說都不是相當容易。那針每次隨著呼吸刺下、拔出，都像是在刺著自己的心。針頭痕跡逐漸描繪出巨大的女郎蜘蛛樣貌，夜色又逐漸泛白的時候，這充滿魔力的神奇動物終於展開了八肢、盤踞在那背上。

春日夜晚在河流上上下下的河船槳聲中天明，飽含晨風下行的白帆頂端透出的薄霞之下，那中洲、箱崎、靈岸島家家戶戶屋瓦閃爍出光芒的時刻，清吉終於放下了畫筆，注視那刻畫在女孩背上的蜘蛛身形。這刺青正是他生命的一切。這件工作完成以後，他的內心一片空虛。

兩個人影就這樣好一會兒無法動彈。接著低沉而沙啞的聲音敲打在房間的牆面上。

「我為了讓妳成為真正美麗的女人，所以將自己的靈魂注入了刺青當中。現在開始，日本國內已經沒有比妳更好的女人。妳不會再像從前那樣心靈膽怯了。所有的男人都會成為妳的肥料……」

她或許是懂了這些話語，嘴裡隱約飄出細若游絲的呻吟。女孩逐漸恢復了意識。重重地吸氣又用力吐氣，每當肩膀顫抖，那蜘蛛腳就活生生地蠕動著。

「很痛苦吧？畢竟身體被蜘蛛環抱著呢。」

聽他這麼說，女孩微微睜開無神的眼睛。那眼瞳就像傍晚的月光愈發強烈，逐漸照耀了男人的面孔。

「老闆，快讓我看看背上的刺青哪，既然收下了你的性命，想來我一定變得非常美了吧。」

女孩就像是在說夢話，但語氣又聽來相當銳利。

「別急，接下來要到澡間上色。會很痛苦，妳得忍著點。」

清吉在她耳邊說著、像是要安撫她。

「若是能夠變美，我一定會忍給你看的。」女孩強忍著疼痛、擠出微笑。

「哎呀！熱水透進來果然痛苦。……老闆，拜託您了請放我自己在這兒，到二樓等我吧，我實在不願意讓男人看見自己如此悲慘的樣子。」

女孩剛從澡盆起身也顧不得擦拭，硬是揮開清吉的手，因為那強烈的痛苦而倒在沖洗處的木板上，彷彿身處惡夢中般呻吟著。那發狂的身子讓髮絲也散亂在臉頰上。女人的背後立著鏡台，兩隻潔白的腳底就映照在鏡子上。

女人一改昨天的態度，清吉大為吃驚，不過還是照對方希望的到二樓去等候。約莫過了半個時辰，女孩兩肩披著頭髮，將衣服穿好了上樓。她開朗的眼眉間絲毫沒有方才苦痛的陰影，倚靠在欄杆上仰望著天空的樣子如夢似幻。

「這畫和刺青一起送給妳，妳拿了回去吧。」

清吉說著同時將畫軸擺在女孩面前。

「老闆，我先前一直相當膽小，如今已全部拋開了。——您就是最先成為我肥料的人吧。」女人的眼神銳利如劍，耳邊彷彿奏起了凱歌。

「妳回去之前再讓我看看那刺青吧。」清吉說。

女人默默點了點頭，脫下內衣。正巧朝陽就照射在刺青上，女人的背上閃閃發光。

春琴抄　しゅんきんしょう

不言不語交織著細膩的愛情，失去視覺的相愛男女，
能夠多麼享受觸覺世界，是我們無法想見的。

○

春琴，本名鵙屋琴，生於大阪道修町藥材店家，歿於明治十九年十月十四日，葬於市內下寺町中隸屬淨土宗之某寺。

前些日子正好路過而打算掃個墓，前往詢問後寺廟裡的人說：「鵙屋家的墳墓在這邊。」然後帶我走到正殿後方。看過去那茶樹叢的陰影下確實有鵙屋家幾代的墓碑在那兒，卻沒有看起來像是琴小姐的。詢問此處應該有一位過去曾是鵙屋家女兒之類的人吧？那人想了好一會兒說道：「這麼說來或許是有，但我不是很肯定。」然後帶我從東邊那陡坡往上頭走去。眾所周知，下寺町東邊後方聳立著生國魂神社所在的高台，因此現在我走的陡坡就是從寺廟境內通往那高台的斜坡，這裡是大阪少見的樹木叢生之處，而琴小姐的墳墓就在這斜坡中段稍加平穩的小小空地上。墓碑的正面上寫著法名「光譽春琴惠照禪定尼」，背後則刻上了本名鵙屋琴、號春琴，明治十九年十月十四日歿，享年五十八歲，側面則刻有「門人溫井佐助立此墓」。或許是因為琴小姐雖然終生都以鵙屋為姓，但實際上與其「門人」溫井檢校[1]過著夫妻生活，所以才會將墳墓建在離鵙屋家墓地有些距離之處吧。

據寺廟裡的人說，鵙屋家早已沒落，近年來只有他們的後代會來祭拜，但也幾乎沒有人會前來看琴小姐的墓碑，因此一時並未想起她也是鵙屋家之人。那麼莫非這座墳頭已經完全沒有人會來照顧了嗎？對方又說倒也沒有那樣糟糕，有位住在萩地茶屋那兒七十來歲的老婦人，每年都會來一兩次，那位婦人總是先來拜過這座墓以後，又會……就是那邊，有個小小的墳對吧？對方指著這墓碑左方的另一個墳頭，據說那老婦人一定也會打掃奉拜那座墳墓，就連念經的費用也都是她出的。走過去看看寺廟之人所指的那小小墓碑，那碑石的大小大概只有琴小姐的一半。正面刻著真譽琴台正道信士，背面則是本名溫井佐助、號琴台、鵙屋春琴門人、明治四十年十月十四日歿、享年八十三歲。想來這就是溫井檢校的墳墓了。之後還會提到萩地茶屋那老婦人，據她說這座墳頭比春琴的小、而且墓碑上還寫著門人云云，是因為檢校的遺志表示死後他也要遵守師徒之禮。

1　盲人專屬的官職中最高者。

那時夕陽西下，將墓碑照得紅通通，而我便佇立在山丘上眺望著腳下那片大阪市景。記得這一帶是難波津過往便有的丘陵地帶，而面西的台地從這裡一路延伸到天王寺那邊。現在那些草木都被煤煙燻到了無生氣、那堆滿灰塵而乾枯的大樹也令人感覺單調無趣，但在蓋這些墳墓的時候應該還是相當鬱鬱蒼蒼的，如今以市內的墓地來說，這兒應該也還是最為閑靜而景色開闊之處吧。那被奇妙因緣糾纏的師徒二人，就這樣俯看著夕靄下屹立無數大樓的東洋第一工業城市，在此永眠。話說回來，今日大阪已再無往日那尚有檢校之職的影子，但此處的兩個墓碑卻彷彿仍正談論著兩人緣深的師徒之約。

原先溫井檢校家隸屬日蓮宗，因此除了檢校本人以外，溫井一家的墳墓都位於檢校故鄉的江州日野町某寺廟中。而且據說檢校即使捨去先祖代代信仰的宗教也要改宗淨土，就是為了化為墳墓也不願意離開春琴小姐的身旁，彷彿殉情一般。因此在春琴小姐尚在人世時，便早早決定了兩人的法名、這兩個墓碑各自及相對的位置等等。目測上春琴小姐的墓碑高度約六尺、檢校則不足四尺吧，兩個墓碑並列在低矮的石板平台上，春琴小姐的墓碑右方種了一棵松樹，青綠枝葉延伸到墓碑上方有如屋頂，而樹梢不及之處的左方兩三尺之遙便是檢校的墓碑有如鞠躬正坐隨侍一旁。

看見兩個墓碑，便讓人遙想檢校生前侍奉師父如影隨形長伴身旁的樣子，簡直有如那碑石具備靈性、直至今日仍沉浸於那種幸福當中。我在春琴小姐的墓前跪下、恭敬行過禮後將手放在檢校的墓石上，憐惜地撫摸著那墓頭，在這山丘上徘徊直到夕陽沉沒在大街的那一頭後。

○

最近我拿到一本名為《鵙屋春琴傳》的小冊子，所以才會知道這位春琴小姐的來龍去脈。這本冊子用了相當高級的和紙、以四號大小的活字印刷，大約三十頁左右，看起來應該是在春琴小姐過世三年的法會上，由弟子檢校或某個人請人編寫師父傳記然後分發給大家的吧。

說來這內容雖然是以文章寫成、也以第三人稱來稱呼檢校，不過恐怕內容也是檢校提供的，所以將此書真正的作者視作檢校應無不妥。傳記當中表示「春琴家代代稱鵙屋安左衛門，居於大阪道修町，並經營藥材商行。春琴之父乃第七代。母親乃茂女士，出自京都麩屋町跡部氏，婚配安左衛門並得二男四女。春琴為其次女，生於文政十二年五月二十四日。」又云「春琴自幼聰慧、端莊秀麗而高雅自不可言。四歲起習舞而應對進退天生自備，舉手投足優雅艷麗乃至舞妓自嘆不如，其師亦常咋舌喃喃嘆道，此女之資質原可望天下歌詠其嬌名，生作良家子女不知是幸或不幸。又早年習讀寫之道，進步神速甚而凌駕其兩位兄長。」由於這些紀錄乃是來自那位視春琴如神明的檢校，因此不知可信度有多少，然而她天生麗質、容貌「端莊秀麗」倒是有許多事實可以佐證。

當時的婦女身高大多較矮，而她的身高也不滿五尺，據說臉龐及手腳等身體各處都相當小巧纖細。看目前尚存的春琴小姐三十七歲照片，在那端正的瓜子臉上，五官都小巧玲瓏彷彿能用手指摘起，眼鼻輪廓柔和好似隨時都會消失。畢竟這是明治初年或慶應時期所拍攝的照片，因此已經出現一些斑駁痕跡，彷彿遙遠過往的記憶逐漸淡去。或許是因為這樣，那朦朧的照片中雖然能看出大阪富裕商家婦女的氣質，卻給人一種漂亮但是缺乏特殊個性的稀薄印象。說是三十七歲是挺有那回事，但若說是二十七八歲似乎也不奇怪。

這時候的春琴小姐已經雙眼失明二十多年，然而看起來並不像是兩眼俱盲，只彷彿閉著眼睛罷了。過去佐藤春夫曾云：「聾者貌如愚人；盲人貌如賢者。」這是由於耳朵不方便的人要聽別人說話的時候總會皺眉、張眼、開口，或歪或仰著頭，看起來總給人一種傻楞感；然而盲人總靜靜端坐、略略低頭看似閉目沉思，給人一種思慮深遠感。另一種說法不知是否通用於世，有人說佛陀與菩薩的眼睛，也就是「慈眼視眾生」的慈眼是半閉的，而我們也看習慣了這樣的眼睛，因此總覺得閉上的眼睛遠比張開的眼睛來得慈悲恩德，進而抱持著敬畏之心。或許春琴小姐閉上的眼皮也因為這樣而讓人覺得是個溫柔的女人，使人感受到有如膜拜古老觀世音菩薩畫像般的慈悲。

據說春琴小姐前前後後就只有這麼一張照片，畢竟她年幼的時候拍照片的技術尚未傳入，而拍下這張照片的那一年又偶然發生了災難，因此她後來無論如何都不拍了。我們也只能從這絕無僅有的一張朦朧照片遙想她的風華。讀者在看了上述說明以後，心中會浮現什麼樣的面孔呢？恐怕還是有些模糊吧。就算真的看到了那張照片，也不見得會變得更加清晰，那照片或許還比讀者的想像更加模糊呢。

仔細想想，春琴小姐拍這張照片的年紀是她三十七歲的時候，後來檢校也已經成了盲人，想來檢校在世上最後看見她的樣子應該也很接近這張照片。這樣說來，晚年的檢校記憶中的她的樣貌，應該也是這樣模糊吧？又或者是為了填補那逐漸淡去的記憶空白，而打造出另一個迥然不同的尊貴女性呢？

○

春琴傳接下來是這麼說的：「雙親視琴女為掌上明珠，寵愛此女勝於其五名兄弟姐妹，然琴女九歲時不幸患上眼疾，不幾時便雙眼失明，父母悲嘆不已，其母對女兒遭此不幸怨天尤人乃至一時癲狂。春琴自此只得放棄習舞而專於三弦琴、走向絲竹之道。」一春琴的眼疾究竟是何疾病並不清楚，傳記中也沒有詳細記載，然而據說後來檢校曾對人說，這就是樹大招風，由於師父的容貌及能力皆高人一等，所以一生當中才會兩次這樣招人嫉恨，而師父的不幸也都是這兩次災難造成的，這麼一想或許背後確有蹊蹺。據說檢校也曾說過師父那是風眼[2]。春琴小姐因為從小倍受寵愛因此難免有驕矜之處，但言行舉止惹人憐愛、對身分較低者也甚為體貼，加上個性相當開朗，因此非常受到周遭之人喜愛、與兄弟姐妹和睦，全家人都很喜歡她。然而據說家中么妹的奶媽憤於雙親過於偏愛，因此背地裡相當憎恨琴小姐。

風眼這種病如大家所知，是花柳病的黴菌侵害了眼睛的結膜造成，因此從檢校的意思想來，恐怕是認為便是那位奶媽使了什麼手段才害春琴失明。然而這件事情是否有確實根據才讓檢校有此想法，又或這是他自己的想像，實在無法確定。看春琴小姐後來強硬的性格，令人不禁覺得或者正是因為這件事情影響了她的個性。不過除了這件事情以外，據檢校所說，春琴小姐在哀嘆自身不幸時會不知不覺傾向於詛咒他人受到傷害，因此也不能事事都相信。奶媽之事恐怕也不過是揣摩或臆測吧。也就是說不需要特別弄清原因，總之這裡我們知道春琴九歲時盲眼便成。

同時「自此只得放棄習舞而專於三弦琴、走向絲竹之道」也就是說春琴小姐會將心

2 急性結膜炎。

思放在音樂方面是由於失明造成的結果，她也認為自己的天分是在舞蹈，還常向檢校表示那些稱讚我琴藝或三弦琴的人其實根本就不了解我，要是自己眼睛看得見，肯定不會走上音樂的道路。雖然這就像是她在說連自己不擅長的音樂方且有此成就，也令人得以一窺她的傲慢個性，不過這些話語多少或許也經過了檢校的修飾，但就算是她一時任性所說出的話語，檢校也是聆聽之餘銘記在心，毫不避諱地用來作為能夠突顯出春琴厲害之處的材料。前述那位居住在萩地茶屋的老婦人名為鴫澤照，是生田流的勾當[3]，為貼身服侍晚年春琴和溫井檢校的人。聽聞她說師父（此指春琴）舞藝真的相當精妙，不過琴和三味線也是五六歲起就向一位名為春松的檢校學習、之後也相當勤於練習，因此並不是眼盲之後才開始學習音樂。

那時候的習慣是好人家的閨女都早早就開始學習音樂及舞蹈，而師父才十歲時，聆聽那困難的曲子〈殘月〉之後便能記下，獨自以三味線演奏。這樣看來她在音樂方面也具有天生的才華吧，實在不是凡人能夠模仿得來。她不過是因為眼盲以後沒有其他樂趣，只能更加深入此道、將自己的精神靈魂都灌注進去。我想這個說法才是事實，她真正的才能其實一開始就是音樂，而舞蹈究竟是什麼程度才令人懷疑。

○

會全心投入音樂之道，自然也是因為她的身分並不需要擔心生計，所以最初想來多半也沒打算當成職業吧。之後她會設立門戶做一位琴曲師父，是有其他事情導致這樣的結果。即使成為師父以後，她也並非靠此維生。然而就算每個月從道修町本家那裡送過來的金錢比這收入還多到難以計算，依然無法支持她的驕縱與奢侈。一開始其實也不是為了將來，只不過是拼了命地將心思放在自己喜好的事物上去鑽研技術，不過加上她的天賦異稟，「十五歲時春琴的技藝已然大幅勝過同輩，同門子弟無人實力能與春琴比肩」想來也是事實。鴫澤勾當說師父最常自豪的就是「春松檢校是一位相當嚴厲的老師，但是我自己從來沒有被他斥責過，通常都是受到他的誇獎。只要我過去上課，師父一定會

3　專屬盲人的官職，地位在檢校之下。

親自教授，且相當親切地指導我，所以我真是不明白那些人為什麼會害怕老師。」想來春琴師父根本不曾經歷修行的艱辛就能夠達到那樣的程度，果然還是她與生俱來的天賦吧。

不過春琴畢竟是鵙屋的大小姐，無論多嚴格的老師也不可能像對待藝人之子那樣嚴苛、多少會收斂一些，更何況對於出生富貴卻又不幸眼盲的可憐少女多半也會湧出幾分同情保護之情。不過最重要的還是檢校師父相當愛惜她的才能且深深著迷吧。他關心春琴更勝於自己的孩子，若春琴偶有微恙未能前去上課時，他會馬上派人前去道修町，或自己拄著拐杖前去探病。他也經常大肆自豪有春琴這樣的弟子，在大批習藝多年的弟子聚集時向大家表示，你們得多多學習鵙屋小小姐的技藝呀！（作者註：大阪對於年紀較長的小姐與年紀較輕的小姐稱呼不同。春松檢校因為也曾教導過春琴的姐姐、與鵙屋家較為親密，因此才會稱呼春琴為小小姐）你們都是將來要以此維生的人，琴藝不及外行人小小姐，這樣實在令人不安哪。另外若是有人批評他對春琴太過愛護時，他也會表示為師者在教導時嚴厲以對才是親切，不斥責那孩子表示我的關懷不足，然而那孩子天資甚高、領悟快速，即使不加理會也還是會不斷進步，要是我真嚴格指導她，那將是後生可畏、以此為業的弟子會更為困擾吧？我這是不想努力教導生在那樣好人家、生活沒有困擾的小姐，盡力要將那些資質駑鈍之人培養為能夠獨立營生者，你們根本不懂我的用意！

○

春松檢校家位於靭這個地方，距離道修町的鵙屋店家約有十町[4]，春琴每天都由當時的店裡的學徒少年牽著去上課，而那位學徒少年當時叫做佐助，也就是後來的溫井檢校，他和春琴的緣分就是這樣牽起來的。如前所述，佐助出生在江州日野，老家也是經營藥材的商店，他的父親和祖父在學徒時期也是前來鵙屋工作，因此鵙屋對於佐助來說是歷代的主人家。他比春琴年長四歲，十三歲的時候開始當學徒，而春琴九歲的時候就已經失明，因此他來到鵙屋的時候，春琴那美麗的眼瞳已經永遠被隔離。對於這件事情，

4 約一公里。

佐助表示即使到了晚年他也不遺憾從未見過春琴眼中的光芒，反而認為是一種幸福。如果認識失明前的她，那麼多少會覺得失明後的臉龐有些不完美，然而佐助從一開始就不覺得她的容貌有任何缺陷、是相當完美的臉蛋。

今日大阪上流社會的家庭爭相將宅邸遷往郊外，千金小姐們多能走出戶外呼吸郊外空氣、接觸日光做些運動等等，過往那種深閨嬌女已經不多見。現在仍居住在市內的孩子們通常體格纖弱、臉色蒼白，與那些鄉下長大的少年少女膚色光澤完全不同，說得好聽是時尚，但根本就是病懨懨的。這不僅限於大阪，而是都市區域共通的情況。不過在江戶地區，女人也會自豪於較為健康的小麥色肌膚，膚色可不像京都大阪地區那樣白皙。生長在大阪名門的少爺們，也都身材纖細有如從舞台走下來的年輕老闆，臉龐到了三十歲前後才開始變得暗沉、脂肪也累積起來而忽然變得肥胖，儼然具備紳士風度。但是在那之前他們的肌膚也都宛如女子一般蒼白，服裝上的喜好也相當陰柔。

更別說那些生於舊幕府時代富裕商人之家者，那被圈養在略不潔淨而陰森房間裡的女孩們那種透淨白皙、缺乏血色及纖細感，在鄉下人佐助少年的眼中，看起來會是多麼妖豔哪。這時候春琴的姐姐十二歲，年齡最接近的妹妹是六歲，對於鄉巴佬佐助來說應該都是鄉下地方相當罕見的少女，然而據說盲眼的春琴那股神祕的氣質更加打動他的心弦。甚至覺得春琴那閉上的雙眼遠比她姐妹們睜開的眼瞳還要來得明亮美麗，心想這張臉龐正是應該如此。

在她們四姐妹當中，春琴被說是容貌最為美麗者。就算那是事實，恐怕也是因為對於她的殘缺有幾分憐憫之情吧，但佐助並非如此。後來佐助也說他相當討厭別人說他對春琴的愛是出自同情與憐憫，有人會這樣想實在非常令他意外。佐助曾說：「我可從來沒有看見師父的臉覺得什麼真是遺憾或者真可憐之類的事情！和師父相比，那些雙眼明睜的人才可悲。師父那樣的氣度及容貌，何需求人憐憫呢？她還常憐惜地說佐助你真是可憐哪。我們不過是五官齊全，其他事情完全比不上師父，我們才是殘缺不全的吧。」

不過這也是後話了，佐助一開始應該是將炙熱的崇拜心思壓在心底、認真侍奉春琴，恐怕並沒有自覺這是戀愛之情。就算有所自覺，對方可是個天真無邪的小姐、又是歷代主人家的千金，佐助只要能夠奉命陪伴在旁、每天一起走過那條路便已相當欣慰。

不過，畢竟他身為新來的少年，受命牽著重要小姐的手還是有些奇怪，因此這個工作不僅僅是佐助，有時是女中[5]、也曾有過跑外務的少年或年輕人陪伴，各種人都負責過。但有一次春琴自己開口說「我希望佐助少年牽我」，之後就都是佐助來做這個工作了，而那時佐助十四歲。他總在內心感激這無上的光榮，將春琴那小小的手掌放在自己的掌心，走過那十町遠的道路前往春松檢校家，等待課程結束後再次將小姐牽回家。途中春琴很少開口說話，而小姐若沒有開口，佐助也只會默默留心不能出錯。有人詢問春琴：「小姐為何說要佐助來呢？」她便回答：「他比其他人穩重、不會多嘴。」前頭已經提過，她原先相當惹人憐愛、對人親切，但是失明之後就變得陰晴不定、鬱鬱寡歡，不再發出爽朗的聲音也沒有笑容而沉默寡言，所以佐助不多嘴只殷勤做好份內工作不會打擾她這點，或許令她感到滿意吧。（佐助也說不喜歡看見她的笑容，畢竟盲人笑起來會有些傻憨而令人感到可憐。想來佐助在感情上無法接受這點吧。）

○

佐助不多嘴不會惹她心煩真是春琴的真心話嗎？或者她其實隱約感受到佐助對自己的憧憬，雖然年紀方幼也覺得開心呢？總覺得這在十歲少女身上是比較不可能，不過她聰慧早熟又雙目失明，想來第六感應該是相當敏鋭，那麼這種想法應該也不會太過突兀。高傲的春琴就算後來意識到戀愛以後，也一直沒有說出內心思念，很長一段時間都沒有接受佐助的心情。

雖然這方面還有待商榷，不過至少在佐助看來，一開始春琴心中完全沒有他。佐助牽春琴的時候會將左手放在春琴肩膀的高度、手掌朝上承接她的右手，對於春琴來說，佐助不過就是個手掌。偶爾有事情需要他的時候就會用動作表示、或者皺皺眉頭，簡直跟猜謎沒兩樣，絕對不會自己開口、也不會明確表示要他做這做那的，要是佐助沒留意到這些小動作，春琴就會相當不高興，因此佐助必須繃緊神經留心春琴的一舉一動絕對不可遺漏，簡直就像是春琴在測試他夠不夠細心。她原先就是個嬌生慣養的大小姐，再加上盲人特有的壞心眼，佐助是一刻不得大意。有一次在春松檢校家等待輪到老師指導

5 居住在家中工作的女子。

春琴的時間，春琴忽然不見蹤影，佐助驚慌地四下尋找才發現春琴不知何時去了廁所。平常春琴若是要前去如廁總會默默起身離開，佐助一發現就會立刻追上、牽著她走到門口，之後在一旁等待然後為她掬洗手用的水，但今天佐助一個疏忽就讓她自己去了。「實在相當抱歉。」佐助顫抖著說著，奔至剛從廁所出來、正打算拿起水勺的少女面前。春琴搖著頭說：「不用。」但這種情況下就算春琴拒絕，也不能夠表示「明白了」就這樣退下，秘訣就在於必須要硬是接過勺子為她洗手。

另外還有一次夏季午後等待上課之時，佐助恭敬隨侍在後卻聽見春琴自言自語似地說著「好熱」，隨即親切接話：「您很熱嗎？」卻沒有得到任何回應。過了好一會兒卻又聽見「好熱」，佐助終於開了竅，連忙拿出扇子從背後幫忙搧風，春琴似乎終於覺得可以接受。不過只要稍稍偷懶、不夠用力搧的話，又會馬上聽見「好熱」兩個字。雖然春琴的確相當倔強又任性，但這也只有在面對佐助的時候特別明顯，並不是對所有夥計都這個樣子。雖然她的個性原先就有這種氣質，但這也是因為佐助一味迎合她的意思，所以只有在面對佐助的時候，春琴的那種個性便會變得相當極端。這也是她會覺得佐助比較好使喚的理由，而佐助也不覺得這是份苦差事反而相當欣喜，對於她那獨獨針對自己的壞心眼甘之如飴，甚至認為是一種恩寵吧。

○

春松檢校教導弟子的房間是在屋子後頭夾層處，因此每當輪到春琴，佐助就會領著她走上階梯，將座位朝向檢校擺好之後，把琴或者三味線放在春琴前方，然後回到準備房去等待課程結束再去迎接春琴。在等待的這段時間也不能放鬆，要隨時注意是否結束，還沒有被叫喚就要馬上去站在春琴面前。因此很自然記得春琴所學習的曲子，佐助的音樂興趣也就這樣培養了起來。後來他能成為一流大師，才能固然是與生俱來，但若沒有給他侍奉春琴的機會，又或者他不懷有那種試圖與她同化的強烈愛情，恐怕佐助也只會成為鵙屋的一介分店藥材商人，過完平凡的一生吧。就算日後眼盲而升上檢校之位，他也常說自己技藝遠遠比不上春琴，完全是有師父啟蒙才能得此成就。畢竟佐助是那種把春琴捧上九重天、自己還要後退個一兩百步謙虛的人，他說的那種話自然是不能輕信，不過在技藝優劣方面，想來春琴屬於天才型、而佐助是刻苦勤勉的努力家這點應該是沒錯。

他私下希望能拿到一把三味線，因此十四歲後期起就把主人家發的津貼、或者辦事的地方包給他的一點跑腿錢都存起來，第二年夏天終於買到一把廉價的練習用三味線。因為怕掌櫃斥責，所以把琴箱和琴桿拆開來藏在天花板上的房間裡，等到夜深人靜大家都入睡後才一個人練習。然而當初他是為了繼承家業而前來此處當學徒，並沒有拿此藝作為正職的決心和自信，因此一開始也只是因為對春琴過於盡忠，努力去喜歡她喜愛的東西，絲毫沒有在內心想著要拿音樂來獲得她的喜愛之類的。這點從他盡可能不讓春琴知道這件事情便可窺知。佐助是和五六個夥計及學徒一起睡在起身就會撞到頭的低窄房間內，因此在自己不妨礙大家睡眠的條件下，拜託他們保密。畢竟大夥兒都是怎樣也睡不飽的年輕工作人，上了床以後馬上就會睡著，所以也沒有人抱怨過這件事情。但佐助還是等大家都熟睡以後才從棉被裡起身、縮進壁櫥裡面練習。天花板上原先就已經相當悶熱，又躲進壁櫥裡的話那麼夏夜肯定更加酷熱。這樣做雖然可以避免樂聲流瀉到外頭，也可以隔絕大家的鼾聲及夢話等外來干擾，還算方便，不過也無法使用琴撥，只能在毫無燈火一片黑暗中用手摸索著彈奏。

然而佐助只要想到盲人並不會對這樣的黑暗感到不便、總是處於這樣的黑暗中，想來小姐也是在這樣的黑暗中彈著三味線，那麼自己也置身這樣的黑暗世界實在令他感到無上歡喜，就算後來獲准可以在外頭練習，他還是說沒跟小姐一樣會覺得很抱歉，因此習慣拿起樂器就閉上眼睛。雖然他雙目皆明卻想嘗試和春琴相同的苦難，體會盲人不自由的境地，有時甚至還會羨慕起盲人。想來他晚年會成為盲人，多半也是受到少年時代這種心境影響，或許並非偶然。

○

所有樂器要能夠窮極奧妙都是一樣困難，然而小提琴和三味線這類樂器沒有孔洞也沒有標記，加上每次彈奏前都要調整琴弦，因此要達到能夠算是會彈奏的程度實非易事，相當不適合自學，更何況這個時代根本沒有什麼樂譜，一般即使拜師學藝，通常都說學琴要三月、三味線要三年。佐助買不起琴那樣高貴的樂器，而且也沒辦法扛著那麼大的東西跑，所以才會從三味線練起。不過他一開始就能夠調音，這就表示至少他在分辨聲音的程度上與生俱來就優於他人，同時也證明了他平常伴隨春琴、在檢校家等待的時候是有多麼用心聆聽他人練習。不管是曲調區分、詞曲、音階高低或者抑揚頓挫全部都仰仗他聆聽的記憶，沒有其他能幫上忙的東西。就這樣從他十五歲夏天起大約半年的時間，很幸運除了同房友人以外都沒有人發現這件事情。但是那年到了冬天卻發生了一件事。

有天清晨四點前後夜雖將明，但畢竟是冬季，四下仍然一片黑暗彷彿深夜，鵙屋的太太也就是春琴的母親阿茂臨時前往如廁，卻聽見不知何處傳來名為〈雪〉的曲子音調。以前練琴的人習慣會在寒冷的夜晚、東方泛白的時間於冷風中練習，便稱為「寒日習琴」，但是道修町大多是藥材行，都是些做正經生意的店家，沒有哪處住著技藝師父或藝人，更沒半間飄盪著脂粉味的宅子。更何況現下夜深人靜的，也不是一般寒日習琴的時間，若真是寒日習琴，那麼應該會拼了命地展現技巧吧。但此時聽到的卻是輕輕以指甲撥弦、反覆練習同一處直到滿意的感覺，可以想見是相當用心。鵙屋的太太雖然感到驚訝，但是並沒有太在意這件事情，隨即回房就寢。

然而之後兩三次半夜醒來都會聽見那個聲音，詢問他人才發現有不少人紛紛表示自己也曾聽見，不知道是哪裡有人彈琴呢？還有人說聽起來和狸貓拍肚子的聲音也不一樣，原來在夥計之間早就成了話題。佐助自夏天以來若一直待在壁櫥裡就沒問題了，但因為真沒人注意到，所以他的膽子也變大了，在極為忙碌的工作之餘還要減少睡眠時間練習，當然睡眠會愈來愈不足，只要在比較溫暖的地方就忍不住打瞌睡，所以從秋末起他半夜便溜到晾衣台那裡去彈。他總是在二更時分也就是晚上十點左右和店員們一起睡去，凌晨三點左右醒過來，抱著三味線跑到晾衣台那裡在冷風中獨自練習，一直到東方天空泛白時才回到床鋪上。春琴的母親聽到的就是他那時練琴的聲音。佐助溜去的晾衣台位在店鋪的屋頂上，因此正下方的夥計雖然不會聽見，但隔著前庭、中庭的宅子後方的人只要打開迴廊的遮雨窗，就會聽見那聲音。

由於太太提出這件事情，所以調查了所有店員。發現是佐助所為以後，他馬上被叫到掌櫃面前訓斥了一頓，說是以後不能再這樣了。原先想著這下三味線肯定是要被沒收，沒想到老闆家裡人竟然表示不如先聽聽他彈得如何吧？而且第一個提出這意見的人竟然是春琴。佐助原先覺得這件事情要是被春琴發現了，肯定要惹她不高興，會說什麼做好牽手的工作就好、不過是個學徒居然有膽子做這種事情，不知會有多麼輕蔑他或者嘲笑他呢？無論如何都不會是什麼好事。沒想到春琴竟然說「就聽聽看吧」真是嚇破他的膽。若是自己誠心感動上天能夠打動小姐心的話那就感激不盡了，不過也可能是半分憐憫的壞心眼想讓自己得到滿堂哄笑吧，佐助只能這麼想，而且也沒有自信彈給別人聽。然而春琴都說想聽了，實在也不可能回絕，更何況除了春琴以外，太太和其他小姐們似乎也都相當好奇，結果把他叫到了宅子後頭客廳去，讓他展現一下自學的成果。這可真是他出頭天的一幕。當時佐助好不容易才能彈個五六首，但是大家說就都彈彈看吧，只好放大膽子盡可能彈出來了。有〈黑髮〉那樣比較簡單的曲子，也有〈茶音頭〉那種相當難的曲目，都是聽了硬學下來，所以記的順序也沒有什麼規則。或許鵙屋家的人原先也是像佐助推測的那樣想將他當成笑柄，卻聽到他短期間內自學就能有這樣明確的曲調及抑揚頓挫，反而相當感動。

○

春琴傳云：「該時春琴憐憫佐助之志、讚其誠心，並稱可拜妾身為師，汝得空可向妾身拜藝、勤奮習琴。最後春琴的父親安左衛門也應允此事，佐助喜不自禁，每每於學徒工作結束後，必定撥出時間承春琴指導。十一歲少女與十五歲少年除主僕外亦締結師徒之約，實乃可喜可賀。」不知為何如此陰晴不定的春琴會突然對佐助展現溫情呢？其實這原先不是春琴的意思，而是周遭的人打造出這種情境。

想想盲眼的少女就算出生在幸福的家庭中，還是很容易陷入孤獨而憂鬱起來，因此父母以及在家工作的男女僕都不知道該怎麼對待她才好，總是苦心思考要是有什麼事情能夠安慰她、讓她開朗些就好了，就在此時他們發現佐助竟然和她有著相同的興趣。大多數在家裡工作的人都對於小姐的任性束手無策，因此若能把春琴推給佐助去應付，多少能夠減輕自己的負擔。更何況佐助這傢伙不是挺怪的嗎？要是小姐能夠去教他，想來他也會高興得不得了，那麼我們應該趕緊推一把吧？但若弄個不好，那彆扭的春琴可不一定會照著周遭人的意思去做，不過她到了此時或許已經不討厭佐助、內心深處的一池春水也被吹起了漣漪。

無論如何，她說要收佐助為弟子，這對於家人及僕人們來說都是謝天謝地。姑且不論有多麼天資聰慧、十一歲是否能夠好好為人師表這些事情實在不是很重要，只要那樣能夠排解她的百無聊賴，對旁人來說就是幫了大忙。也就是他們只是在這個「學校扮演」的遊戲當中命令佐助去陪伴她罷了。所以這件事情並不是為了佐助，而是為了春琴著想，不過從結果上看來是佐助更加大大受益。

傳記中寫著「每每於學徒工作結束後，必定撥出時間」，然而先前光是每天牽手、整天還要花費幾小時侍奉小姐，現在還被叫去小姐的房間學習音樂，肯定根本無暇顧及店裡的工作吧。安左衛門心想接這孩子來做學徒原先是要培訓他成為商人，如今卻讓他照顧自己的女兒，對於他家鄉的父母實在相當抱歉，但畢竟對他來說，春琴感到開心遠比一個學徒的未來還要重要，更何況佐助自己也希望這麼做，那麼暫時就默許這個情況繼續下去。佐助也是此時開始稱呼春琴「師父」的，雖然平常也可以稱呼春琴為「小姐」，但上課的時候一定要喚師父。而春琴也不叫他「佐助少年」而是直呼「佐助」，這都是模仿春松檢校收私人弟子時的規矩，嚴格遵循師徒之禮。大人們謀劃這天真的「學校扮演」活動持續的期間，春琴的確也是得以將心思放在此處、忘懷孤獨，沒想到兩個人經年累月之後絲毫沒有要結束這個遊戲的樣子，反而是在兩三年後，不管是指導還是學習的人，雙方都脫離了遊戲的領域、相當認真。

春琴每天的課程是下午兩點左右離開家門前往靭地的檢校家，學習半個多小時至一個小時左右回家，再自己練習到日頭西沉。吃過晚飯以後若是心情好，便會將佐助叫到二樓客廳去教他，後來變成每天一定都要授課，而且課上到九點十點還不放人。春琴怒斥「佐助，我是這樣教的嗎！」、「不行、不行！通宵練習你也要彈到會！」經常嚇著樓下的僕人們，有時那年幼的女師父還會怒罵著「笨蛋，怎麼都記不住啊！」邊用琴撥打弟子的頭，佐助嗚嗚哭起來的情況也不少見。

○

眾所皆知過往為了教導技藝，總有著嚴格如下地獄般的訓練，也常對弟子施以體罰。今年（昭和八年）二月十二日的大阪朝日新聞星期日版上就有小倉敬二撰寫的〈人形淨琉璃鮮血淋漓修行〉，內容是說攝津大掾亡故後的名人第三代越路太夫眉間有個新月型的大傷痕，是他的師父豐澤團七叱責「什麼時候才會記得！」時用琴撥推倒他留下的。另外還有文樂座的操偶師吉田玉次郎後腦勺也有類似的傷痕，那是他年輕的時候在《阿波鳴門》一劇中由他的師父大名人吉田玉造在高潮場面負責主角十郎兵衛，玉次郎則負責那人偶的腳部，理應要上下一心才能操好人偶，但師父玉造就是不滿意十郎兵衛的腳部動作，結果罵了聲「蠢蛋」就拿起武打場景使用的真刀，忽然從他的後腦杓砍了下去，那刀痕一直沒消失。而且毆打玉次郎的玉造過去也曾被自己的師父金四拿著十郎兵衛的人偶敲打，據說那碎裂的人偶也被鮮血染紅。

他請師父將那鮮血淋漓的破碎人偶腳讓給自己，用棉花包起來收藏在白木盒中，常常拿出來叩頭虔誠膜拜彷彿跪坐慈母靈前，總哭著對人述說：「要是我沒有被這人偶責罰，恐怕一輩子都是個平凡無奇的藝人。」上一代的大隅太夫在學習的時代乍看遲鈍如牛，因此被人喊做「大笨牛」，他的師父是相當有名被稱為「大團平」的豐澤團平俗，乃為近代三味線巨匠。在一次悶熱的盛夏夜晚，大隅在師父家學習《木下蔭狹間會戰》的〈壬生村〉段落，而到了「護符乃為遺物」這句無論如何就是說得沒味道，重複好幾遍也得不到師父一聲「好」，師父就這樣自己縮進蚊帳裡頭。大隅只能放任蚊子叮咬自己，重複了百遍、兩百、三百……在這日頭早升的夏夜，東方天空漸白，看來師父或許早已累了睡著，但只要師父沒有說聲好，「大笨牛」就發揮他的特長，始終拼了命地耐心重複練習那一句，結果蚊帳裡真的傳出團平的聲音說：「這樣行！」看似睡著的師父根本沒有闔眼、一直都聽著。

這類軼事實在不勝枚舉，而且不僅限於淨琉璃的太夫或者操偶師，生田流在傳授琴或三味線的時候也是一樣。而且他們的師父大多是盲人檢校，身有殘缺者又多半相當固執，也因此容易傾向過分嚴苛。前面已經提過，春琴的師父春松檢校的教導方式聽說一直相當嚴格，據說一點小事就會怒罵甚至動手。畢竟老師是盲人的話，學生也多半是盲人，因此每當遭受師父叱責打罵就會稍微後退一些，甚至發生過學生抱著三味線從夾層樓梯跌下來的騷動。後來春琴掛起了琴曲授課的看板、開始收弟子以後，以教導嚴厲聞名想來也是因為師承有自，不過這種做法在她教導佐助的時候就已經萌芽。原先只是年幼女師父的遊戲，最後則進展為真正的師父教學。也有人說男師父責打徒弟乃處處可見，不過女師父打罵男徒弟，除了春琴以外就很少有人這麼做。

這麼一想或許春琴也是有些虐待狂傾向？是否將教學一事作為一種有些變態的性慾快感來享受呢？時至今日實在難以判斷真相，然而最明確不過的是孩子在玩遊戲的時候肯定會模仿大人，所以她應該也明白檢校是因為疼愛自己，所以自己才沒有受皮肉痛，然而明白師父的規矩、年幼之心也認定為師者當如此，所以在遊戲的時候就已經開始模仿檢校，想來也非常合理，最後也就養成了習慣吧。

○

或許佐助是個愛哭鬼？每當他被小姐責打的時候總會哭泣，發出相當懦弱的嗚嗚聲，所以一旁的人總皺著眉頭說「小姐又開始打人了」。一開始大人們心想這只是讓小姐玩個遊戲，但是後來反而相當困擾。每天晚上夜深了還能聽見琴或三味線的聲音，實在惱人。中間還夾雜了春琴激動語調的責罵聲以及佐助的哭泣聲，一直鬧到三更半夜都能聽見。這樣一來佐助少年還真是挺可憐的，而且對小姐應該也不是很好，所以若有女中看見了，便會在他們上課的時候插嘴說小姐這是怎麼啦？若這男孩在小姐面前做了不體面的事情，就別再繼續下去了吧。但春琴反而正襟危坐，一臉嚴肅表示你們懂什麼！別管我們！我這是真的要好好教導他，又不是遊戲，我是為了佐助才這麼拼命的，如果不好好生氣或指正他，那就不是教學了啊！你們根本搞不清楚狀況。

春琴傳中記載著春琴堅決表示：「汝等見妾身乃區區少女便侮蔑技藝之道的神聖嗎！

我雖年幼但為人師者便有為師之道，妾身教導佐助技藝並非一時兒戲，佐助生來喜好音曲但他乃一介學徒，也非盲人無法成為檢校，只得自學實在可憐，妾身雖不成熟也希望能以師父身分助他達成所願，汝等明白了就快快離去！」聞者無不震懾於其威嚴、且訝於春琴如此善辯，只能恭敬退下。據說這種事情很常發生，大家也能想見春琴那劍拔弩張的氣勢。佐助雖然會哭泣，但是聽聞她這番話語以後只覺得心中無限感激，他會哭泣並不僅僅因為忍受著訓練的艱辛，主要是對於師父這位少女的激勵無比感恩而眼中帶淚。因此無論受到多麼嚴厲的對待他也不會逃走，而是哭著忍耐、練習到師父說「好」為止。春琴的心情陰晴不定、時好時壞，若是嘴上叨念責備那還是好的，要是她默默皺眉、用力撥響琴弦，或是讓佐助一個人逕自彈著三味線卻不說好或不好而靜靜聆聽，這才讓佐助想哭。

有天晚上在練習〈茶音頭〉的間奏部分，佐助實在是學不太起來、一直沒辦法記住，彈了好幾次還是弄錯，結果春琴生氣到又放下了三味線。「呀鏘鏘噹！鏘鏘噹！鏘噹鏘噹鏘鏘噹！咚咚啷！呀掄掄！」用右手激動拍膝、以口傳的方式教導三味線曲調，然後忽然沉默不語。佐助不知該如何是好，但又不能就這樣停下來，他只好獨自思考內容然後彈了起來，但不管彈了多久，春琴都沒說叫停。佐助愈發緊張、不斷出錯、全身冒冷汗，彈得更加亂七八糟。然而春琴卻仍然不發一語、眉頭深鎖，一動也不動。這種狀況僵持了兩個多小時以後，太太阿茂穿著睡衣上樓來，勸說著熱情也該有個程度，太過頭對身體不好啊之類的，硬是將兩人帶開。第二天，春琴被喚到雙親面前。「妳熱心教導佐助是很好，但是打罵弟子這件事情，不管是他人或者我們都認為這是檢校才要做的，無論妳的技藝有多麼高超，也是個還在向師父學習之人，現在就這樣模仿老師，肯定會讓妳自己懈怠磨練、無法更上層樓。更何況妳一個女孩子家，抓著男性大罵蠢貨之類的汙穢之詞，我們聽了也難過，妳還是謹慎一些吧。以後規定一個時間，深夜前就要停止，不然大家聽佐助在那裡抽抽搭搭哭也都睡不著覺很煩惱啊。」就連不曾叱責春琴的父母都這樣誠懇勸導了，春琴也無法回嘴。

但那也只是表面上服從父母所言，實際上這番話是沒有什麼效用。反而嫌棄地對佐助說你也太沒有男子氣概了，身為男人一點小事也耐不住在那裡哭得那麼誇張害我被罵了，要是你想好好精進自己的技術，就算痛入骨也要給我咬著牙忍！否則我就不當你的師父了。之後佐助無論有多麼辛苦也絕對不會發出聲音。

○

鵙屋夫妻見春琴自失明以來變得越來越壞心眼，加上開始授課以後甚至動作也變得粗暴，實在是有些擔心，不知道讓佐助去應付她這件事情究竟是好或不好，雖然佐助能夠討好她這點令人欣慰，但什麼事情都一味附和反而搧風點火讓女兒氣燄更加囂張，內心不免感到憂愁，不知女兒將來會變成多麼彆扭的女人。或許是因為這樣，佐助於十八歲冬季時在主人的安排下拜入春松檢校之門，也就是不再讓春琴直接教導他了。這件事情當然是由於父母認為女兒學習師父的樣子實在過於糟糕，更何況看來已經對女兒的品行產生不良影響，但也因此決定了佐助的命運。在這之後佐助便完全不需要做學徒的工作，實質上成為負責牽春琴且一同前去檢校家上課的同門子弟。他本人也如此希望自不在話下，就連安左衛門也盡力說服他家鄉父母、努力取得對方諒解，讓佐助放棄原先成為商人的目標，取而代之的是他們絕對會保證照顧他的將來、不會捨棄他，為此事他可是費盡口舌。

這樣想來安左衛門夫妻應該是顧慮到春琴，希望能夠讓佐助做他們的女婿吧？畢竟女兒身有缺陷，要找個門當戶對的人家恐怕相當困難，他們會認為若佐助有這個意思是再好不過的良緣，想想也是理所當然。就這樣後年也就是春琴十六歲、佐助二十歲的時候，父母親開始暗示這門親事，沒想春琴竟然嚴詞以拒，表示自己一輩子都不想有丈夫，更何況她對佐助也完全沒有那個意思。看她那樣不高興，父母也不好多說什麼。但是一年後春琴身體的樣子卻變得不大對勁，母親心想該不會是有了吧？暗地裡仔細瞧瞧怎麼想都有問題，等到遮不住的時候就攔不了下人說長道短了，要是早些處理還來得及，只能先不告訴父親，直接問問春琴是怎麼回事。

春琴卻推說不曉得母親說什麼，無論如何都問不出更深入的事情。都還沒個頭緒，不到一個月就已經無法隱瞞了。這次春琴倒是老實承認懷孕了，但無論怎麼詢問對象、如何逼問她都說已經講好不說出彼此的名字，詢問對方是否為佐助？她則完全否認怎麼會是那種學徒之人。雖然大家都懷疑就是佐助，但是父母親心想春琴去年還說過那種話，似乎不太可能……而且若兩人真是有那種關係，也很難在眾人面前徹底隱瞞，經驗尚淺的少年少女無論如何平心靜氣裝得若無其事，也不太可能完全不被察覺。

更何況佐助成為同門晚輩以後，就不再像以前那樣會兩人對坐到深夜，同時現在又有同門子弟的規矩，除此之外的時間那麼心高氣傲的小姐，怎麼可能讓佐助有比牽手更貼近自己的機會呢？在僕人們眼中看來，兩人之間實在也不可能會發生什麼錯誤，反而是過於堅持主僕之隔，連一點人情味都沒有。然而詢問佐助他應該會知道對象吧，畢竟怎麼想都應該是檢校的學生，但佐助堅持他並不知情，他是完全不曉得所以也不可能會知道是誰。然而佐助被叫到太太面前後，卻開始畏畏縮縮起來、怎麼看都很可疑，逼問之下也說得牛頭不對馬嘴，最後他哭著說要是說出來的話會被小姐責罵的。主人只好表示，唉呀呀包庇小姐也沒有不對，但是為什麼不聽主人命令呢？隱瞞這件事情對小姐並沒有好處，還是說出對方的名字吧。但說破了嘴皮，佐助也不肯吐露。但從他吐露的話語中的言外之意看來，那個對象果然就是佐助自己，但他矢口不願承認，只說這是和小姐約定好的，實在無法明說、還請見諒。

鵙屋夫婦認為既然事情都發生了也沒辦法，唉呀幸好至少對象是佐助，這樣去年說要讓他們成親的時候女兒說什麼根本沒有那個意思又是怎麼回事呢？一方面發愁卻也放下心來，那趁著流言蜚語傳出去之前讓他們在一起就好了。為此又重新向春琴提了這事，但春琴卻臉色大變說怎麼又提這個，去年已經說過了，我絲毫不考慮佐助，雖然他可憐我這殘缺之身實在愧不敢當，但就算我身體有哪裡不便也不曾想過要讓個下人當我的夫婿，這樣也太對不起腹中孩子的父親。父母再次詢問那麼孩子的父親是誰呢？春琴依然說請不要再問了，我並沒有打算和那人在一起。這樣一來又覺得佐助說的話確實很模糊，究竟何者為真實在難以判斷、相當困擾。但怎麼想也不覺得會有佐助以外的人，或許是現在時機不對所以春琴鬧脾氣反對吧？也許過一陣子就會說出真心話，還是暫時不要追究了，就先送到有馬去做溫泉療養，等她把孩子生下來吧。

那是春琴十七歲的五月，佐助留在大阪，另有兩位女中陪伴她去有馬到十月，生下個男孩。那嬰兒的臉與佐助根本是一個模子刻出來的，看來謎底終於解開了。但春琴對於成親一事仍是絲毫不肯應允，還矢口否認佐助是嬰兒的父親，讓兩人對質的時候，春琴馬上搶著開口說你們怎麼可以懷疑佐助少年，這根本是欲加之罪，希望能還他一個清白。聽春琴這樣說完以後，佐助馬上表示說自己是小主人的父親實在太令他惶恐、絕對沒有這回事，自己從孩提時代便蒙受大恩，絕對不會打這種壞主義，這實在是莫須有的罪名。兩人口徑一致、徹底否認，這下子事情更加撲朔迷離。但生下來的孩子是那樣可愛，妳若這麼倔強，實在不可能讓妳撫養沒有父親的孩子，要是不願意結婚，就算覺得心疼也只能把嬰兒送到別處去了。無可奈何想著拿孩子要脅，結果春琴一臉無所謂的說請隨意送到其他地方去吧，他對於打算一輩子單身的我來說實在太礙手礙腳了。

○

此時春琴生下的孩子就請別人收養了。由於是弘化二年[6]生的，如今應該也不在世上了，也不知是誰家收養了他，總之父母應該有好好打理這事吧。結果因為春琴堅持到底，懷孕一事也就這樣不了了之。不知何時起她又一臉若無其事的讓佐助牽著她去習琴。到了這個時候，她和佐助的關係幾乎已經是公開的秘密，但若想給兩人正式的名分，他們又會否認到底。了解女兒脾氣的父母也只好默許他們這個樣子，這種搞不清是主僕、同門子弟還是情侶的曖昧狀態持續了兩三年，在春琴二十歲的時候春松檢校過世，春琴也就趁此機會自立門戶、當起了師父，離開老家到淀屋橋大路那裡弄了棟屋子，佐助也跟了過去。畢竟檢校生前就認可她的實力，因此早已獲得自立門戶也毫無問題的許可，檢校也賜與自己名字中的一字命琴小姐為春琴，每當有表演的時候總會讓她合奏、唱高

6 西元 1845 年。

音的部分，經常讓春琴受到矚目。因此在檢校過世後她會自立門戶也是理所當然。

然而以她的年齡境遇來說，實在不需要馬上獨立出去。恐怕是顧慮到她和佐助的關係，畢竟兩人已經是公開的秘密卻還是如此曖昧，這在僕人們的眼裡實在是不太好，所以只好想辦法讓他們同住一個屋簷下，這種程度的話春琴應該不至於不接受吧。當然佐助在去了淀屋橋之後的待遇也與先前無異，還是一樣只負責牽著春琴的手，而且因為檢校過世所以他又重新師事春琴，兩人再次毫無顧慮的互喚「師父」和「佐助」。春琴也相當討厭別人以夫妻看待她和佐助，所以相當嚴厲執行主從之禮、師徒之隔，從用詞遣字到各種一舉一動無不依照詳細規定，要是佐助有所違背，那可不是彎腰鞠躬低頭道歉就能輕易原諒，春琴會相當執著地責備其無禮。因此不明所以的新弟子根本不曾懷疑過兩人關係，而鵙屋的僕人們也在背地裡說著真想知道小姐當初是擺出什麼樣的臉色搭上佐助的，為何春琴要這樣對待佐助呢？

不過大阪到了今日在婚禮上仍然相當注重家世、資產、格局等事物尤甚於東京，畢竟這裡是個商人見識相當高明的土地，仍舊遵循著封建時代的世俗習慣，對於名門出身的大小姐春琴來說，這種無法捨棄矜持的小姐瞧不起代代都是自家僕人家出身的佐助有多麼嚴重，恐怕遠超出我們想像吧。再加上盲眼造成的彆扭，不想讓人看見弱點、不想被人瞧不起這種不服輸的個性或許也讓情況雪上加霜。

這樣一來她也許是認為讓佐助成為自己的丈夫實在是相當大的恥辱，這點我們應該要了解。也就是她居然與地位較低者有了肉體關係而感到相當羞愧，所以反而故意對他那樣冷淡。那麼春琴看待佐助，或許只不過是出於生理上的需求。至少她自己可能是這麼想的。

○

傳上有云「春琴起居自有潔癖，略有汙垢之衣物絕不上身、貼身衣物必命每日換洗。又嚴命早晚皆須清掃房間，就座也以指尖掃過坐墊及榻榻米，痛恨有絲毫塵埃。過往曾有徒弟身懷胃病不知自己口內臭氣薰天，去到師父面前習琴時，春琴又照慣例硬生生撥響琴弦便放下三味線，皺眉後一語不發。徒弟不知如何是好、惶恐再三詢問緣由，春琴乃道妾身雖眼盲然未失去嗅覺，快快去漱口。」或許正是因為她成了盲人才會有這樣嚴重的潔癖，又或者是她這樣的人成了盲人以後，照顧她生活起居的人也不得不多加留心。牽手這個工作並不能只是牽手，就連飲食起居入浴如廁這些日常生活瑣事都必須要負責照顧，因此佐助從春琴幼年時就負責這些工作，早已理解她各種大小習慣。若不是他來做，實在很難令人滿意。在這層意義上來說，佐助對春琴來說的確是不可或缺的人。而且兩人在道修町的時候還是得要顧忌父母及兄弟姐妹們，但成了一家之主以後，春琴的潔癖也就變本加厲，佐助的工作也更加繁重。

接下來這件事情是鴫澤照女士告訴我的，畢竟這種事情不會記載在傳記當中。她說師父就算前去如廁也不需要洗手，因為就算是如廁她也從頭到尾都不需要用到自己的手，一切都是由佐助少年處理，沐浴也是如此。雖然高貴的婦人多半不可能平心靜氣讓人清洗自己全身還不會感到羞愧，但師父對於佐助少年不會擺出高貴婦人的樣子，雖然也是因為眼盲，但更可能是年幼時就已經養成這樣的習慣，所以到後來也不會有什麼特別的感覺。而且她相當愛漂亮，雖然失明以後就沒照過鏡子，但對於自己的姿色畢竟還是有相當強的自信，搭配衣物和髮飾所花的心思程度與雙眼皆明的時候沒有兩樣。

說起來她的記憶力強，肯定一直記得自己九歲時的容貌，並且一直都有聽聞世間評價及他人稱讚，絕對非常了解自己容貌出眾，因此耗費在化妝上的時間真是非比尋常。她一直有飼養鶯鳥，所以會用鳥糞混入米糠、或者以絲瓜水來仔細保養皮膚，若是沒有手腳滑溜、她的心情就非常差。最忌諱的就是皮膚粗糙，尤其是彈奏弦樂器之人為了按弦要用到的左手指甲長度更是特別留心，每三天就要剪指甲、還要研磨，不僅僅是左手，而是雙手雙腳都要修剪。但肉眼根本看不出來長了多長，就連只有那一兩厘[7]也得要讓人正確修剪到一模一樣。她會自己用手摸過，要是有一點不對絕對不肯放過。佐助一個人除了做這些事情以外，還要請她指導、有時甚至代替師父教導新進門的弟子。

○

7　一厘約為 0.3mm。

肉體關係想來也是千百種。而佐助是對於春琴的肉體巨細靡遺無所不知，畢竟他們的關係可不僅僅是每月春宵一度的夫妻或者來自夢幻的戀愛關係，而是有著密切的緣分。想來佐助晚年就算自己也眼盲以後還是能夠侍奉春琴的生活卻不出大錯，並非偶然。

佐助一生未娶妻妾，自學徒時期到老年八十三歲為止從未接觸過春琴以外的異性，因此他也沒什麼資格拿春琴和其他婦女比較，不過他晚年鰥居以後，經常向旁人誇耀春琴的皮膚光滑、四肢柔軟世間少有，是少數他到了老年還會拿出來說嘴的事情。他總伸出手掌說師父的腳剛好就能放在我這手掌上，就連那輕撫我臉頰的腳踝肉都比我這兒還要光滑柔軟。前面已經提過她身材嬌小，穿著打扮起來時看來纖瘦，然而裸體時意外給人豐腴感，肌膚又白到幾乎毫無顏色，不管到了幾歲，皮膚都還是有年輕的光澤。

平常喜愛吃魚和雞，硬要說喜好的話就是特別喜歡鯛魚生魚片，就當時的婦女來說實在是個令人驚訝的美食家，也能喝點酒，據說晚餐是一定要來一杯，或許也是維持肌膚的方法吧。（盲人吃東西的時候無論如何都會有些令人不忍卒睹，更何況這盲人還是位妙齡美女。不知春琴是否因為明白這點，她不喜歡佐助以外的人看到自己吃喝東西的樣子，就連受邀款待的時候也只是形式上舉個筷，因此看起來更為高雅。但其實她在飲食上相當奢侈，當然她吃得並不多，飯只吃兩小碗、每道菜也只會向眾多盤子動個一兩次筷子，但是菜色數量相當多、準備起來很耗功夫實在不容易，令人幾乎覺得這只是要給佐助添麻煩而已。佐助不管是要挑滷鯛魚雜的魚刺、還是剝螃蟹蝦子殼都相當高明，香魚之類的更是可以不破壞魚身就從尾巴將整條魚骨抽出。）

而她的頭髮髮絲量也非常多，有如棉花一般蓬鬆柔軟。手掌纖細但或許是長年撥弦，指尖相當有力，賞人巴掌可是痛得很。春琴相當容易燥熱卻也畏寒，肌膚即使在盛夏中也不會冒汗、腳冷得跟冰塊一樣，四季都穿著帶些厚度的上等絲綢、或皺綢製的窄袖和服當睡衣，拉著長長的衣襬包裹足部入睡，睡姿毫不紊亂。因為擔心身體燥熱問題所以盡可能不使用暖爐或熱水袋，若實在過於寒冷，佐助就會將春琴的雙腳抱在懷裡溫暖她，但這樣還是不容易為她保暖，反而是佐助的胸口都冷了。入浴的時候也為了避免浴室滿是蒸汽，即使冬天也得打開窗子、泡進溫水裡一兩分鐘然後多泡幾次。要是泡得太久馬上就會心悸、也很容易頭暈目眩，所以盡可能短時間弄暖身子快速洗好。

這些事情說得越多就越能明白佐助是有多麼辛苦。而且在物質上他也只能得到微薄的回報，薪水就只有偶爾發些津貼之類的，有時連包菸都買不起，衣服也就是逢年節或中元會買一套給他。雖然會代替師父授課，但也沒有特別的地位，春琴還是命徒弟和女僕稱呼他「佐助先生」，要出門教學的時候也讓他在門口等著。

有一次佐助蛀了牙，右邊臉頰都腫起來了，入夜之後更是痛苦難堪，卻又強忍著不表現出來。只有偶爾去漱漱口、注意不能噴出口腔氣息侍奉著春琴。等到春琴躺進床鋪以後說要他按揉肩膀和腰間，他也為春琴按摩了好一會兒，接著春琴又說你幫我暖腳吧，他便到床腳橫躺著將她的玉足放在自己的胸膛上。雖然胸口冷冰冰，但臉部卻因為臥床燥熱反而覺得火燙，牙疼也越來越嚴重實在難以忍受。結果他只好把腫脹的臉頰代替胸口貼在小姐玉足上希望能夠度過難關，沒想到才一會兒春琴就說著不要這樣！然後踢了他的臉頰，佐助也嚇得啊了一聲跳起來。

沒想到春琴說：「不用再暖了！我叫你用胸膛，可沒說用臉幫我暖腳！腳底不長眼這件事情無論目明者或盲人都是一樣的，你又何必欺騙人！你的牙齒生了病這種事情白天的時候就差不多知道了，右臉和左臉的溫度不一樣、腫脹的程度也不一樣這點小事就算用腳底也能感覺到。要是那麼痛苦，老實說就好了，妾身又不是那樣不明下人辛勞之人，裝得一副忠義卻拿主人的身體來冷卻自己的牙齒，你竟是這麼厚顏無恥之人！」似乎打從心底憎恨他這麼做。

春琴對待佐助大致如此，尤其是他若對女弟子過於親切、或者指導她們技藝，絕對惹得春琴不高興。若是有那麼一點可疑，春琴也不會明顯表現出嫉妒的樣子，反而是對待佐助更加惡劣，這種情況最讓佐助痛苦。

○

一個女人盲眼又單身，那麼奢侈應該也有個極限，畢竟如何華衣美食也就是那些了。但是春琴家只有這一位主人，卻需要五六名僕人來侍奉，每個月的生活費金額也是所耗不貲。那麼為什麼會花那麼多錢呢？首要原因就是養小鳥，當中她特別愛的就是鶯鳥。

目前啼叫聲婉轉優雅的鶯鳥，一隻也要一萬元，過去應該也差不多吧。雖然如今和過往分辨啼聲、玩賞的方法大概有幾分不同，但還是說明一下目前的例子。比方說除了最普通的「ho-hokekyou」這種一般的聲音，能夠叫出被稱為渡谷啼聲的刻啾、刻啾、刻啾這種啼叫聲，以及「ho-ki-bekakon」這兩種高音啼叫聲的鶯鳥價格相當高。這是因為純粹的野鶯並不會這樣啼叫，偶爾啼叫高聲也不是「ho-ki-bekakon」而是「ho-ki-becha」，聽起來就讓人不舒服。鶯鳥會啼叫出「bekakon」這種帶有金屬感美妙餘韻聲響，是由人手培養出來的。也就是把野鶯的幼鳥毛都還沒長齊的時候就抓來讓牠和能當老師的鶯養在一起，使牠有樣學樣。要是羽毛長好了，孩子就會記得父母野鶯那難聽的叫聲，也就來不及矯正了。

當然作為老師的鶯鳥也是用這種方式人工培育的，有名的甚至有類似「鳳凰」、「千代友」之類的名號。若是聽聞誰家有某某名鳥，那麼飼養鶯鳥的人也會為了自家鶯鳥千里迢迢拜訪那名鳥，好讓自家鶯鳥可以學習啼叫方式。通常都要大清早出門、連續好幾天去學習。有時老師鶯鳥前往特定場所出差，那麼徒弟鶯鳥們聚集過來，看起來就像是歌唱教室一樣。當然每隻鶯鳥的聲音各有優劣高下，就算同樣是渡谷之聲或著高音啼叫，其抑揚頓挫高明與否、餘韻長短等也各有千秋。要得到一隻好鶯鳥並不容易，但若拿到的話也能賺些授課費，因此價格高昂也是理所當然。

春琴家中飼養的鶯鳥中，最優秀的被命名為「天鼓」，春琴相當喜愛早晚聆聽牠的聲音。天鼓啼叫的聲音實在非常美妙，高音那個「kon」響亮的繞樑餘音就像是人類盡心打造出來的樂器聲響，幾乎不像是鳥叫聲。而且牠的聲音氣長有張力卻又帶著明亮感，因此照顧天鼓極為慎重，牠的食物可是要萬分盡心。一般鶯鳥吃的飼料是用大豆和玄米拌炒後磨成粉末，再加入米糠製成白色粉末，另外再將曬乾的鯽魚或鱸魚磨成魚粉，以蘿蔔葉磨成水後將這兩種粉末用一比一的比例調在一起，實在相當麻煩。而且為了讓聲音更加美妙，還要去抓一種築巢在藤蔓莖中的昆蟲，每天給鶯鳥一兩隻。

需要如此費心照料的鳥兒就養了五六隻，所以僕人當中有一兩位完全只負責照料鶯鳥。另外鶯鳥是不會在人前啼叫的。籠子要放入一種名為飼桶的桐木箱，鑲上紙窗密封，讓微光從那紙窗透入。飼桶的紙窗通常會使用紫檀或黑檀木，有著精巧的雕刻或鑲上蝶貝、或有蒔繪[8]加工，相當華美精緻。當中也有一些是古董，到了今日就算賣個一兩百甚至五百元高價也不稀奇。而天鼓的飼桶據說是從中國送來的高級品，嵌紙窗的骨架用紫檀木做成，中間還鑲了琅玕翡翠板，上頭雕刻著細緻的山水樓閣圖樣，實在非常高雅。

8 利用金銀粉末會沾黏在漆上的特性來打造裝飾圖案的工藝技法。

春琴經常將那箱子擺在寢室臥床的窗邊，若天鼓優雅啼叫時便心情甚佳，因此僕人們也會盡力灑水讓牠啼叫。若是天氣好的話牠會很常叫，因此天氣不好的話春琴也不開心。天鼓在冬末到春天時會頻繁啼叫，到了夏天，次數就會逐漸減少，春琴憂鬱的日子也會增加。

若是悉心照料，鶯鳥的壽命並不算短。但那需要非常用心，最重要的是若交給沒有經驗的人，很可能會馬上死去，又要買下一隻。春琴家第一代的天鼓在八歲的時候死了，之後一直沒能買到可以繼承名號的第二代鶯鳥，過了好幾年以後才終於培育出一隻不愧前一代之名的鳥兒，再次命名為天鼓並且相當珍愛。

「第二代天鼓聲音宛轉巧妙可比迦陵頻伽[9]，除早晚都將籠子置於左右疼愛外，也經常要徒弟傾聽此鳥啼叫，而後云『汝等當聽天鼓之歌，其原為無名鳥之雛，然自幼少起磨練的功夫並未白費，其聲之美與野鶯全然不同。人或云此乃人工之美而非天然之美，當春季探訪深谷山路尋花漫步時隔著溪流或霧靄深處忽聞野鶯啼叫之聲方為風雅。然而妾身不這麼想，野鶯需有天時地利方能得其雅緻，然單論聲調而言實不美。反之若聆聽天鼓此等名鳥啼叫，居於家中也可遙思幽靜閒雅山中風趣、溪流潺潺、山頂櫻色雲靄自然浮現心頭，無論花彩霞光皆在此鳥語中，令人忘卻身在紅塵萬丈俗門內。音樂秘訣便在於以此技術來與自然風景一較高下。』春琴也經常叱責魯鈍弟子要知恥，小鳥亦懂此技藝之祕，何以汝等身為人卻劣於鳥類呢！」

說起來也是頗有道理，但自己被拿去跟鶯鳥比較，包含佐助在內的徒弟們都覺得實在很不是滋味。

○

春琴喜愛的鳥類當中僅次於鶯鳥的便是雲雀。這種鳥有著朝天空飛翔的習性，就算在籠子裡也經常往上飛，所以籠子的形狀通常也都打造得細細長長，高達三至五尺。因

9　佛教經典中居住於極樂世界、有著美妙歌聲的鳥類。

此真正要欣賞雲雀的聲音，就要將牠從籠子裡放出來，讓牠飛到看不見的高空直至雲深處，在地面上便可以聆聽牠的聲音，也就是欣賞牠的穿雲技術。

通常雲雀會在空中逗留一段時間，之後再次回到籠子裡。停留在空中的時間可以長達十分鐘、甚至是二三十分的雲雀相當優秀，所以雲雀比賽上會將籠子排成一列，同時打開籠門放牠們入天，最後回來者贏得勝利。若是資質不佳的雲雀，回來的時候還會錯進到隔壁的籠子，更糟糕的是在離還有一兩町[10]處就降落的，不過一般都會回到自己的籠子裡。雲雀會垂直上升並停留在空中一處，然後再垂直下降，所以正常應該都會回到自己的籠子。雖然叫做穿雲但並非側向切過雲層。會看起來像是劃雲而過，是因為雲朵從雲雀前方飄過的關係。

住在淀屋橋大路春琴家附近的人，在風和日麗的春天見到盲眼女師父來到晾衣台放雲雀飛翔到天空的樣子應該見怪不怪了。她的身旁總有佐助隨侍在側，另外還有一位負責照顧鳥籠的女中，女中會在女師父命令下打開籠門，雲雀便歡心鼓舞吱吱叫著不斷往高空飛去，直到沒入雲靄。女師父會抬起那看不見的雙眼追逐鳥影，一心聆聽著雲間傳來斷斷續續的啼聲。有時候也會有同好帶來自豪的雲雀，表示希望能一較高下。這種時候鄰居們也會登上自家晾衣台一聽雲雀啼叫，當中也有人對雲雀沒有興趣，只是想看看美麗女師父的容貌。

鎮上的年輕男子們雖然一天到晚都能夠看見她，但這個世界上就是少不了好事色鬼，一聽見雲雀的聲音就想著能看見女師父啦連忙奔上屋頂。他們會這樣吵鬧多半是因為對於盲眼感受到特別的魅力及深度，所以才會那麼好奇吧。尤其是春琴平常讓佐助牽著手出門教學的時候總是沉默不語又一臉嚴肅，但是在放飛雲雀的時候卻是表情開朗微笑著、欲言又止，想來也讓她的美貌更加活靈活現。除了這些以外，還有養知更鳥、鸚鵡、綠繡眼、畫眉鳥等，各種鳥都養了五六隻，這些費用實在相當高昂。

○

10　約一兩百公尺。

她是那種對家裡人不客氣、但出門在外卻相當親切的人，受邀作客的時候言行舉止都非常優雅性感，在家裡卻虐待佐助、打罵弟子，一點都不像是個女人家。有時為了交際應酬會打扮貴氣、喜歡奢華，各種紅白包和逢年過節禮品都維持著鵙屋女兒的格調、出手闊綽，給那些打雜男女、倒茶的、拉車的車伕等打賞也是毫不手軟。這樣看起來應該是相當揮霍之人囉？但也並非如此。

過去我曾經在〈我所見之大阪及大阪人〉一篇文章當中提及大阪人的質樸生活。雖然東京人在奢侈的時候是表裡如一，但大阪人無論看起來有多麼氣派，其實都會在別人沒有注意到的小地方去節省花費、減少開銷。春琴畢竟出生於道修町的商人之家，這方面應該是不至於太過疏漏，因此在極端奢侈的另一面就是極盡吝嗇又貪財。原先氣派不亞於他人就是因為個性上不服輸，因此若無法達成目的，那是絕對不會白白浪費，甚至可以說死都不會花那筆錢。

她並非隨心所欲想花就花似地散財，而是考慮過使用效果。在這方面來看可以說是相當理性的精打細算。然而有時候不服輸卻會轉變為貪欲，向徒弟收取的每月學費和入門費用等，她認為自己雖為女兒身但也能和其他師父一較高下、相當自豪，因此要求必須和一流的檢校收同等高的學費。這還算是好的。徒弟們拿來的那些逢年過節禮品她也要干涉，總暗示希望能夠多一些，相當執著。

有次一位徒弟因家貧而遲繳了每月學費，就連中元禮品都送不出手，只能買了一盒白仙羹[11]向佐助說明「請憐憫我的貧窮、拜託師父原諒我這一次。」佐助也覺得他可憐，惶恐地去告知此事，沒想到春琴臉色大變，怒斥說：「我對於月費和禮品這些囉嗦，可能有人覺得是我貪財，但根本不是這麼回事！錢多少不是問題，而是沒有訂個規矩出來的話就不成師徒之禮。那孩子每個月的學費都沒好好繳了，如今竟然拿了一盒白仙羹來就說是中元禮品，實在無禮至極、人家說他輕蔑師父也是相當合理。雖然有這心意很好，但是那樣貧窮、恐怕也沒有辦法讓技藝有所成就。看學藝優秀也不是不能免費教學，但那僅限於將來有望、萬中選一的天才。若是能夠克服貧窮成為名士，那麼生來就會與別人不同，只有本性和熱情是不夠的。那孩子除了厚臉皮以外我實在看不出有什麼才能，要我可憐他的貧窮也太過自戀了吧，半途而廢給人添麻煩、這麼不要臉，實在很難走這條路，還是算了吧。如果還是想學的話，大阪還有很多不錯的師父，叫他去入別人門下

11　一種貌似白色羊羹的日式甜點。

就行了。告訴他以後就別再來我這裡了。」春琴說完以後，弟子再怎麼道歉她都不肯聽，真的將那位弟子逐出師門。

另外若是禮物帶得比較多，那麼就連教學嚴格的她在那天也會對那位學生和顏悅色、不經意地說些稱讚話語，聽的人都覺得渾身不對勁，師父竟然恭維自己，實在相當可怕。正因如此，她會一一檢視各方送來的東西，就連點心也要拆開檢查。每個月的收入支出也會叫佐助拿來算盤，絕對要算清楚。她對於數字非常敏感，又擅長心算，聽過的數字就不會忘記。就連兩三個月前付了米店多少錢、酒店多少錢之類的都正確記得。畢竟她相當奢侈又利己，所以她越是奢侈的部分就得在其他地方省下來，這個坑當然就落得要僕人來填補。她的家裡就只有她一人彷彿王公貴族，而佐助等僕人都必須極端節約、有一天過一天，有時候連飯少了多少都要干涉，因此根本就吃不飽。

僕人們都在背地裡指指點點師父總說鶯鳥和雲雀都比你們這些人要來的忠義，這也沒辦法啊，畢竟鳥的待遇也比我們好太多了吧。

○

鵙屋家在父親安左衛門活著的時候，每個月都按照春琴的要求送錢過來，但是父親死後兄長繼承家業，便不再聽春琴要求了。時至今日有錢有閒的婦女奢侈情況並不少見，但是過去就算是男人也不能那樣揮霍。即使家境富裕，只要出身名門就會在食衣住方面更加謹慎不能奢華，以免受到讒言誹謗說不符身分，同時也討厭與暴發戶為伍。會讓春琴如此揮霍是父母可憐她殘廢之身也沒有其他興趣可言，但是到了兄長負責家業以後，便開始批評春琴這樣的行為，表示每個月最多就是給多少錢，要更多也不會給，這恐怕也是後來造成她吝嗇的緣故。不過那畢竟還是一筆可以支撐生活的金錢，所以其實春琴不當老師也沒有關係，這也是為何她對弟子的態度並不是很好。

事實上前來拜入春琴門下的人並不多、屈指可數，所以她才會有閒暇可以逗弄小鳥。不過春琴不管是生田流的琴藝或者三味線在當時都是大阪第一流名家絕非單純是她的自負，而是態度公正者都認同。就連憎恨著春琴傲慢的人，心中也都嫉妒或者畏懼她的技藝。我認識的老藝人說他在青年時期常聽她的三味線演奏，這位藝人彈的是淨琉璃的三味線，因此兩者流派並不相同，但是他說近年來地歌三味線可從來沒聽過有人能像春琴彈奏出那樣巧妙的樂音。另外團平在年輕的時候也曾聽過春琴的演奏，還曾感嘆此人要是生為男子讓他彈奏大的三味線，肯定是震驚世間的名人啊！團平的意思究竟是三味線藝術的極致是大型三味線，而且必須是男人才能得其精妙，因此嘆息有春琴這等天賦之人竟生為女子？又或者是春琴的演奏給人一種男性氣概的感受呢？前面提的老藝人說，私下聽春琴三味線的時候，發現聲音相當清凜，那彷彿男性彈出的音色不僅僅是美妙，還帶有豐富的變化，有時甚至能奏出沉痛而具深度的音色，在女子當中實在是少見的妙手。

若春琴做人稍微圓滑些、對人謙虛點，那麼名聲肯定會更加顯赫。然而她出身富貴不懂維生之困難，任性妄為所以才會受到世間敬而遠之，而她又具備那樣的才能導致四面楚歌處處皆敵人，就這樣被埋沒雖也是自作自受，卻也是相當不幸。拜入春琴門下之人自是拜服於她的實力之下才認定只能叩門求此人為師，因此多半抱持著為了習藝無論受到多麼嚴厲的鞭撻、怒罵或毆打也不會離開的決心，但真正能夠長久忍受的人並不多，完全忍受不了的門外漢大概連一個月都撐不過。想來春琴授課的情況已經超過了鞭撻的境界，逐漸發展成惡意的責打、甚至帶有虐待的色彩，多半也有著她認定自己是名家的潛意識。也就是覺得世間允許這樣的情況、徒弟也有受到這樣對待的決心。然而她越這麼做，就更加覺得自己是個名家，也就得意忘形到無法自制。

○

鳴澤照女士說，弟子人數其實真的很少，當中還有人是為了一睹師父美貌而前來習藝，門外漢學生大多屬於這類型。畢竟春琴是貌美又未婚的資產家之女，這種情況大有可能。她對弟子如此嚴苛多半也是為了趕走那些半調子的色狼，諷刺的是她卻因為這樣而更受歡迎。推想起來大概是那些認真的門外漢徒弟當中，肯定也有人覺得盲眼美女給予的鞭笞有著神秘的快感，受到這種快感吸引更勝於習藝？當然也有幾個人是盧梭吧。

接下來要敍述的是春琴身上發生的第二個災難，傳記上也避免詳細記載內容，所以完全不曉得原因及加害者，實在相當遺憾。不過恐怕就是上述事情導致哪位弟子心懷強烈怨恨，進而報復春琴吧。

想想最有可能的就是土佐堀那裡的雜穀商美濃屋九兵衛之子，那個叫利太郎的少爺吧。他是個浪蕩子，自豪身有琴藝，不知何時拜入春琴門下學習琴及三味線。這人老仗著爸媽的財產，去到哪裡都覺得自己是個少爺而相當囂張，看待同門師兄弟彷彿是自己店裡的夥計、相當輕視，因此春琴心中也看不起他，不過他總是帶著十分豐厚的禮物前來，這個倒是很有效，讓春琴沒有拒絕他、反而以禮相待。沒想到他竟大肆宣傳說師父也對我另眼相看，還特別輕視佐助、討厭佐助代替師父授課，非得要師父來才行，這種情況後來愈發嚴重，就連春琴都開始覺得不耐煩了。

就在那前後，他的父親九兵衛為了養老而在天下茶屋那裡選了個幽靜的場所，蓋了間茅草屋作為隱居之處，還在庭園中種了十幾株老梅樹，有一年二月便在此處舉辦賞梅宴，也邀請了春琴過去。負責處理宴會事宜的總執行人是少爺利太郎，另外還有一些藝伎及其雜耍助手等，而春琴當然是由佐助陪同前往。那天佐助從一開始就被利太郎和其他助手不斷勸酒，感到非常困擾，雖然他這幾年因為陪師父晚酌所以多少酒量好了一些，但可不是什麼酒豪。出門在外的時候，沒有師父的許可他是一滴也不能碰，再怎麼說要是他醉了，那就連重要的牽手工作都做不好了。所以他只有假裝喝下，但眼尖的利太郎卻發現了，連忙說著師父！沒有師父的允許，佐助先生一點兒酒都不喝哪！今天是賞梅的大好日子，就讓他輕鬆一天也好啊，若佐助真醉倒了，想牽您的人一旁還有兩三人呢！他就這樣大聲喊叫著。春琴無可奈何只能苦笑著說唉呀那麼就喝一點吧，可別醉了啊。一旁的人馬上鬧著言道「師父說可以啦！」紛紛上前邀酒，但佐助還是相當謹慎，有七成左右都倒進了一旁洗酒杯用的水盆。

那天在座的藝者及助手等也早就聽說有位知名女師父前來，一看果然跟傳聞中的一樣，無人不訝於春琴徐娘半老的艷麗姿態與氣質，滿座同聲讚嘆。當然這也是因為察覺利太郎的意思而想討他歡心，多了點客套的性質。然而當時三十七歲的春琴確實是比實際上看起來還年輕了十歲左右，尤其是窺見她那白皙領襟的人無不渾身顫抖。那光澤亮麗有如柔荑的纖纖小手放在膝頭上，略略低頭的盲者面容之嬌豔更是吸引了在座所有人的目光、大家都有些恍惚。最可笑的是大家到庭園遊走時，佐助領著春琴走到梅花之間、帶她緩緩漫步。「來，這就是梅樹。」他們在一株老樹前停下腳步，佐助引著春琴的手去撫摸樹幹。這是因為盲人習慣用觸覺來確定物品的存在，否則就無法理解，因此在賞花的時候也有這樣的習慣。但是看著春琴纖纖玉手來回撫摸那彎曲的老梅樹幹的樣子，一個助手忽然發出怪聲說著：「唉呀真是羨慕梅樹！」另外又有一個人跑去擋在春琴面前說什麼：「我就是梅樹啊！」一副小丑樣子扭出樹幹橫過的姿態，眾人都大笑不已。

雖然他們這是想要討好、稱讚春琴，並沒有侮辱她的意思，但是聽不慣花街柳巷那種低劣笑話的春琴心裡實在不舒服。她畢竟還是希望大家對待自己與明眼人相同，根本不想有人另眼相看，所以這種玩笑特別容易惹她不高興。入夜之後大家進了屋裡重新開起宴會，又有人說著佐助先生你應該也累了吧，師父就交給我們，那邊東西都準備好了你再喝幾杯吧。佐助心想與其被莫名灌酒之前不如先吃飽肚子，於是佐助退下到其他房間去先吃晚餐。但服侍晚餐的卻是一名拿著酒勺的老妓貼身不斷說著哎呀一杯就好、再一杯吧，結果意外花了許多時間才好不容易吃完飯，卻怎麼也叫不來其他人。此時聽見宴席間似乎有什麼騷動，只聽見春琴喊著：「叫佐助來！」卻被人硬是攔下，說什麼要如廁的話我可以陪妳去。不知是否那人為了帶她到走廊而拉了她的手之類的，春琴大喊著：「不要、不要，請叫佐助來！」而硬是揮開對方的手，僵持在那裡。佐助連忙奔上，看兩人臉色便已理解情況。

都發生了這種事情，心想著對方就此不來也好，沒想到那色鬼就算被揭穿真面目也不肯放棄，第二天居然一臉若無其事的前來上課。春琴想著既然如此那麼乾脆就認真指導他，看看他能不能撐過嚴苛訓練，從此一改態度、嚴厲教學。結果利太郎也手足無措，每天光是汗就流了三大斗、只能呼呼喘大氣，本來他自豪的技藝就只是其他人捧出來的，要是被刻意挑問題那可就是漏洞百出，春琴也毫無顧忌的怒罵他。之後有機會他就會說什麼另外有事之類的不來上課，根本無法忍耐這些事情，後來甚至越來越大膽，就算春琴真的熱心教學，他也會故意隨便彈彈。春琴終於氣到罵他「蠢蛋」的同時用琴撥打他，順勢就劃破了他眉間臉皮，利太郎立刻尖叫著「好痛！」接著用力擦去額頭落下的血滴，拋下一句「給我記住」就憤而離席、再也沒有來過。

○

也有人說危害春琴的人可能是住在北新地那邊某少女的父親。那位少女將來想成為藝伎，為此希望師父能夠好好指導，雖然相當畏懼習藝辛勞卻還是乖乖上門。但有一天她也被琴撥打了頭，哭著逃回家，而那傷痕就這樣留在髮際。她的父親比她還要憤怒、上門抱怨，想來是她的親生父親而非養父吧。他怒斥不管是什麼習藝，苛責一個年紀尚輕的女孩也該要收斂點！她將來要靠臉吃飯卻留下瑕疵，這可如何是好！妳要想辦法！

總之言辭相當嚴厲。結果春琴的脾氣也上來了，反過來回嘴說，妾身一直都是這樣嚴厲教導弟子，若是你不願意這樣，又何必送她過來！那父親也擺出了不起那妳打我啊的態度。「眼睛看不見的人做這種事情畢竟還是很危險，要是讓您哪裡受了傷就不好了，還是別讓盲人動手的好。」佐助眼見這樣下去或許雙方要訴諸暴力，連忙介入兩人之間請對方回去了。

春琴臉色蒼白全身顫抖而不發一語，始終沒有吐露任何道歉的話語。因此有人說這位父親由於女兒的容貌受損，所以才報復春琴、傷害她的容貌。然而雖說是髮際，也就是額頭正中央還是耳朵後方之類的地方留了點痕跡，說什麼害她一輩子容貌都變了之類的可怕傷害，就算是為了自家女兒生氣所以誇張了點還能理解，若堅持復仇也是過分了些。再怎麼說對方可是個盲人，無論她自己的美貌變得多麼醜陋，應該也不會對當事人造成多大的打擊，而且若目的在春琴的話，應該還有其他更能讓復仇者痛快的方法吧。這樣想來復仇者的意圖不僅僅是讓春琴痛苦，而是要讓佐助更加哀嘆？畢竟就結果來說這才最能讓春琴痛苦。這麼一想，果然還是利太郎比前述那個少女的父親來得可疑多了。

利太郎想橫刀奪愛的程度究竟有多大的熱情我們是無法知曉，不過年輕的時候大家總會較為憧憬年長女性之美而非年輕女孩，恐怕是他嚐過各種甜頭以後覺得都不對味，卻在興頭上覺得盲眼的美女充滿蠱惑吧。一開始只是好奇而下手，不料卻遭到反擊，最後還連男人的眉間都給劃破了，這樣一來再怎麼樣惡劣的興趣也該醒了。不過春琴的敵人畢竟很多，所以除此之外是否還有其他人因為其他理由懷抱怨恨就不清楚了。也很難一口咬定就是利太郎，又或許根本不是感情糾紛。若是金錢上的問題，前面也提到過像那位貧窮弟子遭受的殘酷對待可不是只有一兩個，而且就算不像利太郎那麼厚臉皮，也是有好幾個人相當嫉妒佐助。

畢竟佐助的地位相當奇妙，他負責「牽手」這件事情長久以來根本無法隱瞞，所有弟子都心知肚明，因此思慕春琴的人都會偷偷羨慕佐助有如此幸福，也有人相當不喜歡他大小事包辦的侍奉樣貌。若是正式的丈夫又或者至少有情夫的待遇，那麼其他人也就沒有什麼好說的，但表面上真的只有牽手、是個僕人，從普通按摩到協助入浴照顧春琴一切身邊大小事都要做，看起來就是個忠實的僕人，然而知道背後事情的人簡直要笑到肚子疼吧。也有許多人嘲笑牽個手就要過得那麼辛苦，自己實在是不可能辦得到呢。這樣看來也很可能是憎恨佐助之人想著若有朝一日春琴的美貌產生了恐怖變化，那傢伙會是什麼表情呢？又或者他會不動神色完成他那照料起居的工作？也許兇手只是抱著想看戲的心情，並不是來自完全的敵意。

簡單來說這件事情眾說紛紜，難以研判真相。若要朝比較意外的方向推測，也有一說頗為有力，就是加害者可能是弟子又或者是春琴生意敵手的某某檢校或某某女師父等。這當然沒有什麼證據，不過或許是最為透徹的觀點。春琴日常為人高傲，在技藝方面總認為自己是第一人，而世間確實也有認同這件事情的傾向。這自然相當傷同業師父們的自尊心、也對他們造成威脅。說起「檢校」，這是從前京都給予盲人男子的特別高級「職位」，允許他們穿特別的服裝、有交通工具，和尋常藝人之流的社會待遇並不相同。如果那種人被傳聞指出技藝不如春琴，加上盲人又對事情特別執著，可能因此考慮用陰險手段抹去春琴的技術與優秀評價。以前曾聽聞過有人嫉妒他人技藝而逼人喝下水銀的例子。以春琴來說，她的聲音及樂技都很好，所以乾脆針對她的虛榮心及自豪的美貌，讓她再也不能出現在眾人面前這才選擇改變她的樣貌。若加害者並非某某檢校而是某某女師父，那麼肯定是連同春琴自豪的容貌都覺得可恨，破壞了她的美貌以後勢必更加喜悅。

這樣細數各種可疑原因，也能夠發現春琴根本處於早晚會遭人所害的情境之中，因為她在不知不覺中已經朝四面八方灑下災禍的種子。

○

就在前述天下茶屋賞梅宴過了大約一個半月後，三月最後一個日子的晚上四更，也就是大概凌晨三點多的時候，「佐助聽聞春琴痛苦呻吟而驚醒，由隔壁房奔去，連忙點起燈火一看，只見遮雨窗已經被人撬開、春琴縮在自己的被窩裡，對方似乎很快察覺佐助已經醒來，一物未取便逃走了，早已不見蹤影。當時賊子倉惶失措而隨手拿起鐵瓶往春琴頭上丟，那熱水便濺到她如雪般豐潤的雙頰上，遺憾地留下了些許燙傷痕跡。原僅是白璧微瑕，春琴花容月貌仍在，然春琴自認面容細傷實乃羞愧，常以縮綢頭巾覆蓋面容，終日繭居房中、不於人前現身，親近之家人徒弟亦不得窺其容貌，種種傳聞臆測乃由此生。」傳中繼續記述：「然負傷極其輕微實乃無損其天生之美貌。不願見人乃因她潔癖所致，若她乃因不足掛齒的傷痕感到恥辱，不過是盲人一時多心。」

接下來又繼續記載：「不知是何緣故，數十日後佐助竟也罹患白內障，不久後便雙目全盲。佐助在眼前朦朧逐漸不識物件外形時，以驟然盲眼的蹣跚腳步去到春琴面前，狂喜吶喊云：『師父！佐助已經失明了！此後一生將無法見著師父面容瑕疵，此時眼盲實乃絕佳時機，定是天意！』春琴聽後久久不能自己。」

如果佐助能夠說出真心話，那麼應該就不會隱瞞事情的真相，但是傳記前後敍述顯然有故意扭曲之處。最重要的是他偶然得了白內障之類的實在令人難以相信。而且春琴的潔癖再怎麼嚴重、或者盲人再怎麼多心，如果燙傷的程度無損她天生的美貌，那麼又何須用頭巾包著臉、又那樣討厭見到其他人呢？事實上就是她的花容月貌已經變得非常慘烈。

根據鴫澤照女士和其他兩三個人的說法是賊人一開始就先潛入廚房生火燒熱水，之後提著鐵瓶闖入寢室，拿鐵瓶就往春琴頭上倒，完全就是把熱水倒在春琴的臉上，可見這原本就是他的目的。對方並非普通的小偷，也不是什麼慌張下造成的。那個晚上春琴就這樣不省人事，等到第二天早上才醒過來。但是潰爛的皮膚要完全長好就要花兩個多月，是相當嚴重的傷。關於這樣貌變化的嚴重程度，也有各種奇怪傳聞。有人說連毛髮也脫落、左半頭都禿了，實在無法排除這些空穴來風的臆測。佐助後來失明了所以也不需要看見，但就算說什麼「親近之家人徒弟亦不得窺其容貌」實在不可能吧，要讓所有人都不看到實在過於困難，像鴫澤照女士就不可能沒見過。

但照女士畢竟也是女性且尊重佐助的意志，因此絕對不向他人道出春琴容貌的秘密。我姑且試著問問，但她還是說「佐助是真的一直都認為師父的容貌仍然那樣美麗，所以我也這麼想。」就是不肯告訴我詳情。

○

佐助在春琴死後過了十多年才告知親近之人關於他失明時的情況，眾人才得知當時究竟發生了什麼事情。其實春琴遭兇手襲擊的那晚，佐助和平常一樣睡在春琴閨房隔壁的房間，一聽見有聲響便醒了過來。當時床邊的燈已經熄滅，佐助在一片黑暗中聽見了呻吟聲嚇得跳了起來。連忙將燈點起、直接提著那盞燈過去屏風另一頭的春琴臥鋪。提燈微弱的光線打在屏風的金色表面上帶出朦朧光線，佐助環視房間並沒有東西被弄亂，但是春琴的枕邊掉了一個鐵瓶、而春琴看似靜靜仰臥在棉被裡卻隱約發出了呻吟聲。

佐助一開始以為春琴做了惡夢，連忙到師父枕邊喊著：「師父您怎麼了！師父！」想搖醒春琴。沒想到春琴卻尖叫著遮住了雙眼，大喊：「佐助，佐助！我的容貌被毀了，你不要看我的臉！」痛苦喘息的同時一邊掙扎還是拼命要用兩手遮起自己的臉龐。見她如此，佐助連忙說：「您放心，我不會看的，我的眼睛已經閉上、還把提燈放得遠遠的。」或許聽到佐助這麼說，春琴也鬆了口氣，隨即不省人事。之後春琴即使半夢半醒之間也一直說著不可以讓任何人看到我的臉、這件事情一定要保密。雖然安慰她何必如此擔心呢？燙傷這種東西馬上就能治好、肯定能恢復原來的樣子。

但其實如此大面積的燙傷，容貌怎麼可能毫無改變？這點安慰春琴根本聽不進去，就是不讓人看見她的臉。等到意識恢復後她更加堅持，除了醫師以外，連佐助都不能看看傷口的情況，在換藥和綳帶的時候所有人都會被趕出去。佐助當晚趕到她枕邊的瞬間雖然看到了一眼那潰爛的臉龐，但立刻不敢正視、馬上轉過身去，加上燈火朦朧光影下，只留下一種彷彿看見了奇怪幻影的印象。之後也只有看到綳帶中露出的鼻孔與嘴部。

這樣看來春琴害怕被看見，而佐助也害怕看見她。他每當接近病床就會盡可能閉上眼睛、或者將視線別開，盡可能避免真的了解春琴的面容到底變化到什麼程度。不過療養畢竟還是有效，傷口也好得越來越快，有天只有佐助一人侍奉在病床旁，春琴忽然開口問道：「佐助你看見我的臉了吧？」佐助回答：「不不，您不是說不能看嗎？我怎麼會違背您的意思呢？」春琴又說：「不久之後傷口癒合，繃帶就要拿掉了、醫生也不會過來，這樣一來別人也就算了，就只有你一定得看見這張臉啊。」

沒想到一向高傲的春琴竟然如此消沉，驀地掉下淚珠，不斷用手從繃帶上按著雙眼想擦掉眼淚。佐助也黯然神傷，不知該如何回話，只能一起啜泣說著：「這樣啊，我一定不會看您的臉，還請您務必放心。」他似乎話中有話、做出什麼決定。過了幾天以後，春琴已經治療到能夠離開床鋪，差不多可以拆下繃帶了。

那天佐助偷偷從女中房間裡侍女所使用的鏡台抽屜拿了縫衣針，端坐在床鋪上、看著鏡子將針刺進自己眼中。他並不確定用針刺眼睛是否能讓自己看不見，但仍想著試試這樣能否在痛苦較少的情況下使眼睛失明。他拿著針試圖往左眼眼黑的部分戳，但這實在很困難；然而眼白的地方又過於堅硬、針戳不下去。眼黑畢竟還是比較柔軟，試了兩三次以後終於一個角度對了、戳進兩分[12]左右，沒想到眼前立刻一片白濁，顯然是失去視力了，但是沒有出血、沒有發熱也幾乎不會疼痛。這是水晶體破裂引發的外傷性白內障。佐助用同樣的方法戳右眼，馬上就兩眼都失去視力。不過剛開始還能依稀看到東西的形狀，大概過了十天左右就什麼也看不見了。不久後春琴能夠起身，佐助便摸索著前去春琴的房間，伏倒在她面前說著：「師父，我成了盲人了。已經一輩子都不會看見您的臉龐了！」「佐助，你是說真的嗎？」在春琴說出這句話前的漫長時間，佐助沉默且思索著，這幾分鐘寂靜時間，實乃這輩子過去及將來最為快樂的幾分鐘。

過去曾有惡七兵衛景清因為感動於賴朝容貌而打消復仇念頭、發誓再也不見此人而挖去自己雙眼，雖然動機不同卻一樣悲壯。然而春琴真是希望他這麼做嗎？那天她流著眼淚傾訴的真是「既然我遭此劫難，希望你也成為盲人」的意思嗎？這實在很難推斷。但在佐助耳中，那短短的一句「你是說真的嗎？」帶著喜悅的顫抖。兩人雖然對面無言，然而盲人才有的第六感也萌發了佐助的感受，如今能夠切身感受到春琴心中只有感謝。以往雖然有肉體關係卻有師徒之隔，如今終於能夠感受到兩人心靈相擁、合而為一。少年時期躲進壁櫥在黑暗世界中練習三味線的回憶再次浮上心頭，但心情卻完全相異。

大多盲人還是有著對光線的方向感，因此盲人的視野其實是有些朦朧光線的，並不是完全的黑暗世界。佐助如今失去了對外的眼睛，反而打開了對內的眼睛。「唉呀，師父居住的世界原來是這個樣子的啊。」佐助心想這樣終於能夠和師父住在同樣的世界裡了。而此時他的視力已經嚴重衰退，根本無法清楚分辨房間裡的樣子或春琴的姿態，就只有繃帶包著臉的位置，一片發白映照在視野中。但他不覺得那是繃帶，在那黯淡光線圓圈中，浮現出師父那完美精緻有如阿彌陀佛的白皙臉龐。

○

春琴問著：「佐助，你不痛嗎？」佐助將失明的雙眼朝向那多半是春琴臉部位置的淡白色圓形光線射來的方向回答：「不，一點都不痛。和師父的大難相比，這算得了什

---

12 約 6mm。

麼呢？那天晚上壞人偷跑進來害您受苦，我居然毫無察覺呼呼大睡，怎麼想都是我的錯。每天晚上請您允許我睡在隔壁就是為了避免有這種事情發生，結果還是發生了這種大事。師父如此痛苦我卻毫髮無損，這實在是太過對不起您，就算我受到責罰也是理所當然。若是我身上沒有任何災禍降臨實在太奇怪了，所以我向上天祈禱、早晚膜拜，果然有效了，我的願望得以實現，今早起床的時候兩隻眼睛就完全看不見了。這肯定是神明憐憫我才傾聽我的願望。師父、師父啊！我看不見師父變成了什麼樣子，我現在看見的是三十多年來刻畫在我眼底的那令人懷念的臉龐。還請您往後也像從前一樣放心讓我隨侍在您身邊。雖然我驟然失明所以動作無法隨心所欲，要協助您所有事情或許也會有些緩慢，但還是希望您的生活起居不要假手他人。」

春琴一聽便說：「你能下此決心我實在很高興。不知是誰怨恨我所以讓我受此傷害，說老實話我現在的樣子，就算是被別人看見了，唯有你我絕對不希望你看見，還請你明白。」佐助回道：「實在感激不盡，能聽見您這麼說，此等喜悅就算失去雙眼也綽綽有餘。那些想讓師父和我唉聲嘆氣不幸過活的傢伙，雖然我不知道是誰，但若是想改變師父容貌讓我感到為難的話，那我不要看就好了。既然我成了盲人，那麼師父的災難等同沒有發生，費盡心思的算計也都如同泡影。那傢伙根本料錯了。這對我來說怎麼會是不幸，反而是無上的幸福。想到能反將那種卑劣傢伙一軍就覺得相當爽快。」佐助說完這些話，盲人師徒兩人便相擁而泣。

○

轉禍為福的兩人之後的生活情況，最為清楚而尚在人世的只剩下鳴澤照女士，而照女士今年七十一歲，以私人徒弟身分住進春琴家是在明治七年她十二歲的時候。照女士除了向佐助學習絲竹之道以外也負責兩位盲人之間的斡旋，她並不負責牽手，只是做類似連絡的工作。畢竟他們一人是驟然眼盲，另一人則是自幼眼盲且連舉筷都不需要自己來、嬌生慣養的婦女，因此無論如何都會需要有第三個人來負責中間的工作。而他們希望能夠雇用比較不會有所顧慮的少女，便錄用了照女士。實際上他們也非常喜歡她，甚為信任，所以照女士工作了很長的時間，在春琴死後依然服侍佐助，一直待在他身邊到他明治二十三年獲得檢校之位。

照女士在明治七年的時候才到春琴家，那時春琴已經四十六歲，遇難後已經過了九年歲月，那應當是頗有年紀的老婦人。照女士聽人家說她的面孔有些因素所以不讓人看，也不可以去看。那時春琴穿著上等帶織樣的絲綢外套、坐在甚有厚度的坐墊上、淺灰色的皺綢頭巾包住頭布只稍微露出鼻子，頭巾的尾端垂下到眼皮上方，將整個臉頰和嘴部都遮住了。佐助是在四十一歲中年時刺瞎自己的眼睛，肯定是相當不方便，卻還是留心所有細節照顧春琴，盡可能不讓她有任何不便的感受，就連旁人也看得出來他有多拼命。

而春琴也不喜歡其他人照顧，只說：「就連明眼人都做不來我起居照顧，長年習慣下來還是佐助最清楚。」因此不管是穿衣、沐浴、按摩或如廁都還是要勞煩他。因此照女士的工作並非照顧春琴，而是協助佐助的身邊大小事，當然也不太會直接碰觸到春琴的身體。只有用餐的時候非得要她在才行，但其他時候就是拿一些需要的東西，間接協助佐助的工作。比方說入浴的時候要帶著兩人到澡間門口就離開，等聽見拍手聲了再過去接他們。春琴走出浴間的時候已經穿好浴衣、披著頭巾，在這段時間內的事情都是由佐助一人負責。

盲人要怎麼洗盲人的身體？想想過去春琴也曾用指尖撫摸老梅的樹幹，大概就是那種感覺吧。當然應該是非常費事，而且幾乎所有事情都要那樣，真是麻煩到不行，令人覺得竟然還是能辦到啊。不過當事者感覺也很享受這種麻煩，不言不語交織著細膩的愛情。失去視覺的相愛男女，能夠多麼享受觸覺世界，是我們無法想見的。

或許佐助奉獻自己伺候春琴，而春琴也怡然自得索求他的侍奉，彼此都不會感到厭倦，那也不足為奇。而且佐助除了伺候春琴以外，還要撥出時間指導眾多子弟。當時春琴已經深居於房內，賜佐助琴台之號，讓他接下所有教學的工作。在音曲授課的看板上，原先鵙屋春琴的名字旁邊也多了小小的溫井琴台之名。佐助的忠義與溫順早已獲得鄉里同情，因此門下弟子人數反而比春琴時代還要多。令人發笑的是在佐助指導弟子期間，春琴會獨自在後頭房間盡情聆聽鶯鳥鳴叫，但有時非得借佐助之手去如廁時，就算課上到一半，她也會大喊著：「佐助！佐助！」而佐助也無論如何都會立刻前往後頭房間。正因如此，考量到春琴的生活問題讓他完全無法外出授課、只能在家裡教學。另外要告訴大家，這時候道修町的春琴本家鵙屋店家已家道中落，不再每個月送錢過來。若不是因為如此，佐助根本就不須要開班授課，還得在忙碌的時候奔到春琴身旁，就算是上課也一直無法安下心來。但春琴應該也煩惱著相同的事情吧。

○

接下師父的工作僅憑那細瘦身子支撐一家生計的佐助為何沒有正式和春琴結婚呢？是否春琴的自尊心讓她到此時還是拒絕這件事情？照女士說佐助先生自己告訴她，其實春琴已經沒有那麼抗拒，但佐助看見這樣的春琴很是難過、不希望自己想著春琴是可憐、悲慘的女人。畢竟成了盲人的佐助已經閉上現實的眼睛，飛躍至永劫回歸那樣概念的境界，所以他的視野或許只存在過去的記憶當中，若是春琴因為災難而性格有所改變，那麼那個人就已經不是春琴了，佐助希望自己心中的她永遠都是那個傲慢的春琴。不這樣的話，他現在看見的美貌春琴就會遭到破壞。

這麼看來不想結婚的理由是在佐助身上而非春琴。佐助將現實的春琴作為喚醒記憶中的她的媒介，所以才避免成為對等關係、謹守主從禮儀，態度比先前更加恭謹、盡力侍奉想讓春琴早點忘懷不幸、取回過去的自信，到後來還是一樣甘領從前那等微薄薪水、吃穿與男僕沒兩樣的鄙衣粗食，將所有收入都用來供春琴支出，其他開銷則盡量節省，像是減少僕人數量等，在各方面多加節約。為了安慰春琴是百密無一疏，但他畢竟雙眼已盲，所以較從前更為辛勞。照女士說當時的弟子們甚至覺得佐助的打扮實在過於寒酸、很是同情，也有人嘲笑他總該修點邊幅，但他絲毫不予理會。

而且他依然禁止徒弟們稱呼他「師父」，只能叫他「佐助先生」。大家只好盡可能不要開口叫他，但照女士因為工作上的關係實在無法不開口，只好依他們希望稱呼春琴「師父」然後喚佐助為「佐助先生」。春琴死後，照女士就是佐助唯一聊天的對象，偶爾就會一起沉浸在對已逝師父的回憶當中。或許是因為如此，後來就算他成為檢校，根本不需要顧慮其他人，不管是喚他師父或琴台先生都沒問題了，但他就喜歡照女士喊他佐助先生、還不許照女士對他說話太過恭敬。

他曾經對照女士說過：「大家都覺得眼睛瞎了肯定很不幸，但我自從眼盲以後從來沒有過那種感覺，反而是覺得這個世界彷彿成了極樂淨土，就好像只有我和師父兩個人居住在蓮臺上一樣。會這麼說是因為我眼睛瞎以後，看見了許多我沒瞎的時候看不見的東西。能仔仔細細看清師父的臉有多麼美麗，是在我成了盲人以後的事情。還有她的手腳有多柔軟、肌膚有多光滑、聲音有多美妙，我這才體會到了。在我還看得見的時候根本沒有這種感覺，這是為什麼呢？實在是很奇妙。尤其是我在失明後才真正品味到師父的三味線樂音有多麼美妙。雖然以前總在嘴上說師父乃是此道的天才，但我這才逐漸明白那真正的價值。和我自己不成熟的技藝相比，實在是天差地遠到讓我震驚。為什麼我先前都沒發現呢？實在是太可惜了。若能讓我內省自己的愚蠢，就算上天要還我眼睛，我也會拒絕。想來師父也和我一樣，在眼盲之後就品味到眼明者無法理解的幸福。」佐助的話語終究是他主觀的說明，與客觀意見的一致程度有多少還有待商榷，不過春琴的技藝的確是在她遭受劫難以後成為她有顯著進步的轉機吧？

無論春琴有多少天生的音樂才能，若是沒有嚐盡人生酸甜苦辣，那麼要領悟技藝真諦恐怕相當困難。她一向驕縱，嚴厲以待他人，自己卻沒嚐過辛勞與屈辱，也沒有人挫挫她的銳氣，所以天降大難於斯，令其徘徊生死關頭、粉碎她的傲慢。想想傷害她容貌的災難在各種方面都算是一劑良藥，不管在戀愛上、藝術上都教導了她過去做夢也沒想過的忘我境界。

照女士說有時會聽見春琴為了打發無聊而獨自撥弄著琴弦，便會看到佐助在一旁神情恍惚垂頭一心聆聽。而許多弟子聽見後面房間傳來極為精妙的琴音便會相當詫異，紛紛說著莫非那把三味線有什麼特別機關嗎？這個時期春琴不僅是撥弦的技巧更加精妙，也將心思放在作曲上，經常半夜用指甲隨意地微彈而有樂音輕響。照女士記得的有〈春鶯囀〉及〈六花〉兩曲，前些日子請她彈給我聽，可以窺見春琴也是相當具有獨創性的作曲家。

○

春琴在明治十九年六月上旬生了病，在罹病幾天前與佐助兩人到中庭打開喜愛的雲雀籠子，放牠到天上。照女士看著盲人師徒兩人手牽手仰望天空，聽見遠遠傳來的那雲雀鳴叫。雲雀直上青天、不斷啼叫著穿入高遠雲間，但始終沒有下來。因為時間實在過得太久，兩人也不禁有些煩躁，最後等了一個多小時，雲雀還是沒有回來。春琴這時候就有些泱泱不樂了，沒多久以後就生了腳氣病，到了秋天病況更加嚴重，十月十四日便因心臟麻痺而離世。

除了雲雀以外，原先還有飼養第三代的天鼓，牠倒是活到了春琴死後，但佐助久久無法忘懷悲傷，每當聆聽天鼓啼叫就會哭泣。有空就會到佛前點香，有時候拿琴、有時候拿三味線彈著春鶯囀。這首曲子的開頭歌詞是「緡蠻黃鳥止于丘隅[13]。」應該是春琴的代表作，是她傾盡心神所作出的曲子。歌詞雖短，間奏卻相當複雜，據說春琴是在聆聽天鼓啼叫的時候得到此曲靈感。間奏的旋律從鶯鳥結凍的眼淚已化、深山融雪覆蓋山頭的春季開始，帶人走入水位漸增的潺潺溪流、東風吹動松樹天籟、野山霧靄、梅花香氣、花海片片等景色，彷彿訴說著由這谷到那谷、由此枝飛往彼枝啼叫的鳥兒心境。

據說她生前演奏此曲時，天鼓也會歡喜的咕咕清喉，開始與那琴弦音色一較高下。天鼓或許是聽了這曲子，回想起出生故鄉的溪谷、想念起那廣闊天地的陽光。而佐助彈春鶯囀的時候應該也是讓神魂馳騁他方吧。他習慣透過觸覺的世界作為媒介來凝視記憶中的春琴，是否以聽覺來彌補不足之處呢？人類只要沒有失去記憶，就能夠夢見故人。但若像佐助這樣，活著的時候就只在夢中見到對方，那麼或許也無法分辨何時為死別。順帶一提春琴和佐助之間除了前面提到的嬰兒以外，還生了兩男一女。女孩在生下來之後便死了，兩個男孩都在嬰兒的時候就送給了河內[14]那地方的農家。春琴死後佐助似乎也對她留下的孩子沒有戀棧，並沒有打算要回他們。孩子好像也不是很想回到親生的盲人父親身旁。因此佐助到了晚年並無子嗣也無妻妾，在弟子們的看照下於明治四十年十月十四日，正是光譽春琴惠照禪定尼一年一度的忌日當天，以八十三歲高齡辭世，也就是孤獨生活了二十一年。

在這段時間他應該打造了一個與生前樣貌完全不同的春琴，眼中看見更為鮮明的春琴吧。我將佐助自刺雙眼的事情告訴天龍寺的峩山和尚，他讚賞這在轉瞬之間便斷絕正反兩面，將醜陋化為美麗的禪機實乃高人所為感到無比親近。讀者諸君贊同與否？

---

13 語出《詩經》小雅篇，後來被《禮記》大學篇引用。

14 現在大阪東部一帶。

陰翳礼讃　いんえいらいさん

美麗並非存在物體本身當中，而是在物體與物體打造出的陰翳交織及明暗之中。

近年來熱衷於建築的人若是打算蓋棟純日本風格的房子，會相當專注於電路、瓦斯和水管的裝設方式，想方設法讓這些東西能夠與日式房間相得益彰。就算不曾自己蓋房子的人，也常常會在進入那些聚餐旅館時發現這情形吧。但是除了那些自命不凡的茶人[1]等等對科學文明帶來的恩澤視若無睹，會在偏僻鄉下搭茅舍居住之外，無論有多麼不情願，只要有家人且居住在都會，再怎麼想做成日式風格，也無法排除近代生活所需要的暖爐、燈光以及衛生相關的設施。

而那些相當注重細節的人，就連裝個電話都要煩惱老半天；盡量放在樓梯下面、走廊角落之類比較不礙眼的地方。除此之外還會把庭院裡的電線埋到地下、房間的電燈開關藏在壁櫥或者地袋[2]裡頭、電線就從屏風後頭拉過等等，以各式各樣的方法藏起來。還有些人因為過於神經質，反而讓人覺得矯枉過正。

實際上我們都已經看習慣了電燈這種東西，與其讓它想辦法融入週遭，不如直接裝上原先的老式乳白色玻璃淺燈罩，或是讓整個燈泡裸露出來還比較自然純樸。傍晚從火車車窗之類的地方眺望著鄉間風景，若看見那茅草屋頂農家的拉門後悄然點了一盞如今似乎給人落後時代感的淺燈罩電燈泡，甚至會覺得挺有氣氛的。不過說到電風扇這類東西，那個彷彿音響的形狀，目前還是很難融入日式房間。若是普通的家庭，真的不喜歡那不要用也罷，但是對於做夏天生意的店家來說，可不能光憑主人一己喜好就決定怎麼做。

我朋友那位偕樂園主人[3]就是相當注重房屋裝潢的人，他就因為討厭電風扇而遲遲沒有在客房裡裝上一台，結果每年到了夏天總是被客人大肆抱怨，到最後還是不得不用。話雖如此，就連我前年耗費自己身分不該拋擲的鉅資蓋房子時，也有著類似的經驗，要是太過在意門窗細節還是各種小器具，那實在是困難重重。就算只是一扇拉門，或許會因為自己的喜好而不想鑲嵌玻璃，但若全部都只使用紙張的話，又會有採光或者無法上鎖等問題。結果不得不在內側貼紙之後，又在外側鑲嵌玻璃。這麼一來，木框就必須做出內外兩層，當然也就提高了費用，然而就算做到這個程度，從外頭看來根本就是普通的玻璃門，從裡頭看出去的時候紙張後就是玻璃，仍然不像真正的紙門那樣給人一種蓬

1 喜好與大眾不同的人。
2 壁龕旁下方的置物櫃，上方則稱為天袋。
3 此指笹沼源之助及其經營的中華餐館。

鬆柔軟的感覺，反而容易令人生厭。既然如此，那還不如乾脆點就做成玻璃門吧，到頭來卻又後悔了。如果是他人之事還能一笑置之，但若是自己遇上這種情況，非得掙扎到最後一刻才成。

近來市場上也開始賣起各種形式上諸如行燈式、提燈、八角形、燭台型式的電燈用來搭配日式房間，但我不喜歡那類東西，而是去古董店尋找以前的石油燈具、有明行燈[4]或枕行燈[5]，然後幫它們裝上電燈泡。當中特別需要費心的就是暖爐的設計。會這麼說，是因為大部分有著爐子之名的東西，都不是能夠融合在日式房間裡的款式。而且瓦斯爐那種東西還會發出轟轟燃燒聲，要是沒裝煙囪的話沒用多久就會頭痛，以這幾點來說電暖爐倒是理想很多，但一樣都是些無趣的款式。在地袋裡裝電車上使用的那種加熱器之類的或許也是個辦法，但若是看不到紅色火光，總覺得沒有冬天的氣氛、也沒辦法一家子圍爐。

我絞盡腦汁打造了農家會裝設的那種大爐，試著把電熱器放進去，這樣一來不但能煮水也能提升房間溫度，除了費用高些以外，在樣式上算是頗為成功。雖然暖爐的設計算是頗為順利，但接下來又要煩惱浴室及廁所。偕樂園主人討厭在浴槽和水流經之處鋪設磁磚，因此客人的澡堂完全使用木頭打造，但是我想大家都明白，從經濟及實用觀點來看，磁磚絕對是比木頭好處多多。不過若是天花板、柱子、壁板都使用了頗為上等的日本木材，就只有一小部分貼上華麗庸俗的磁磚，那無論如何都無法融入整體。剛完工的時候或許還好，但在歷經歲月洗鍊後，壁板及柱子的木材都會更有木質本身的味道，磁磚卻仍然白白淨淨閃閃發光，那簡直就是格格不入。不過浴室終究可以為了喜好而犧牲幾分實用性，但講起廁所，就會有更棘手的問題出現。

○

每當我造訪京都或奈良的寺廟，被人帶去那老式風格、略顯陰暗卻打掃得一塵不染

4　有木框並可提著移動，有如燈籠般的油燈。
5　可放置在枕頭旁的小型提燈。

的廁間時，總是深深感受到日本建築的難能可貴。雖然茶室也是相當不錯，但是日式廁所完全能夠讓人感到心神安穩。這類廁所通常離主屋有些距離，設置在四下飄來綠葉及青苔氣息的樹蔭之下。雖然必須要經由走廊才能抵達，但是蹲踞在那幽微的光線中、於反射著朦朧光亮的拉門後耽溺於冥想；或單純眺望窗外的庭院景色，這樣的感覺實在一言難盡。

聽說漱石先生也將每早前去如廁視作一樂事，說這是一種生理上的快感，然而除了品味那快感以外，哪裡有其他地方能像日式廁所這樣美妙，可以在閑靜四壁與清晰木紋包圍中，瀏覽藍天綠葉的色彩呢。更何況……我必須再三強調這件事情，那樣的情境還必須包含某種程度上的昏暗、絕對的清潔、以及就連蚊蟲嗡鳴也能清晰聆聽的寂靜。我特別喜歡在這樣的廁所當中聆聽綿綿雨聲。尤其是關東地區的廁所，地板邊會開一個細長的排氣及清垃圾的小窗，因此那些由屋簷和樹梢落下的點點滴滴、流過石燈籠底座打濕踏腳石上青苔後緩緩滲入泥土的那些沉靜聲響，都彷佛近在身邊。說老實話不管是聆聽蟲鳴鳥叫、沉浸於月夜，又或者是想品味四季輪轉萬物風情，都沒有比廁所更棒的地方了，想來過往的俳人也在此處得到無數靈感吧。這樣看來，在日本建築當中有著最佳風情的無非就是廁所了。將一切事物皆化為詩歌的吾輩祖先對這住宅當中理當最為不潔之處，反而結合花鳥風月、包容懷舊思緒將其打造成最為雅致之地。相較於西洋人打從心底認為那是不潔淨的東西，甚至忌諱於在公眾面前提起，吾人可謂賢明萬分、且熟知風雅的真髓。

硬是要挑缺點，那麼就是因為遠離主屋，所以夜裡前往確實較為不便，特別是冬天有引發風寒之虞，然而正如齋藤綠雨[6]所言「寒氣自風雅」，這樣的地方與外頭一樣冷冽才令人神清氣爽。在飯店的西式廁所中蒸氣暖風迎面而來，實在令人討厭。話說回來，喜好打理茶室之人，皆稱日式風格的廁所最為理想，卻鮮少有人家中如寺廟般寬廣，且若是打掃人手充足也就罷了，一般住宅要那樣常保清潔實在不容易。尤其是若在地面鋪了木板或者榻榻米，別說是一舉一動照著規矩來已經夠麻煩，就算是經常拿抹布擦拭，汙垢終究是那樣醒目。結果還是只能在廁所鋪上磁磚、裝上可用來沖洗的水箱和便座，打造一套淨化裝置，這樣既衛生又省了許多麻煩，卻也和「風雅」或者「花鳥風月」云云斷絕了關係。這種地方一旦成為啪地一下就燈火通明、四面還是潔白無瑕的牆壁，感覺實在很難放心去享受什麼漱石先生所謂的生理快感。這麼說來每個角落都潔白亮麗看

6　1868-1904，小說家、評論家，在世時與森鷗外、幸田露伴齊名。

起來的確是非常乾淨，但想到自己體內排出的東西要落腳此處，實在是讓人心有遲疑。

就算那是美人如玉無暇的肌膚，擺在人前的若是臀部還是腳丫仍然相當失禮，當我們要這樣放鬆裸露時四下光明實在是不成體統，看得見的地方愈是清潔，就更加挑起人們對於眼所不能見之處的聯想。想想那種地方還是應該要籠罩在朦朧而昏暗的光線中，就連何處清潔、何處不潔的界線都模糊不清方為佳。正是因為如此，我在蓋自家的時候雖然裝了淨化裝置，但完全不使用磁磚，地板鋪設的是楠木板來試著營造出日式風格，但便座還是挺麻煩的。會這麼說我想大家都能明白，這是因為水洗式的便座都是白色的瓷器，還附上個金光閃閃的金屬把手之類的東西。大致上來說我的期望就是那個器具不管是男用還是女用，最好都是木製的。若是有上蠟的木材乃為最佳，但就算是純木材，顏色在經年累月後也會變得更為深沉具有木紋本身的魅力，很奇妙地能夠讓人精神安穩。特別是若能把鬱鬱青青的杉葉塞滿木製小便斗，不僅極為美觀還有著靜音效果，實在相當理想。

就算我無法實現這些奢侈的希望，還是想依自己的喜好打造出類似的器具，然後試著用來改造成水洗式，不過若是特別訂製這類商品實在是所費不貲只能放棄。那時候我感受到的正是，無論是照明、暖爐、還是便座，要採用這些文明工具我自然是毫無異議，但怎麼說還是該稍微重視一下我們的習慣及生活情趣，搭配這些期望來加以改良會比較好吧？

○

目前行燈形式的電燈會流行起來，是因為我們重新認識自己一時遺忘的「紙張」這種東西所具備的柔和與溫暖，也是我們承認這種材質比玻璃更適合日式房屋的證據。不過便座和暖爐這類東西，目前市面上還沒有能夠與之調和的款式。雖然我認為暖爐最好的方式就是像我那樣把電熱器放進爐中，但就連這麼簡單的功夫都沒有人去做（雖然說也有火力不怎麼強的插電火缽，但那根本達不到暖爐的功效，跟普通火缽沒兩樣），市售的商品都是些不怎麼好看的西式暖爐。然而肯定會有人說，講究這些細枝末節的衣食住喜好實在太過奢侈，只要能夠耐過寒暑、得以溫飽即可，何必在乎形式。

事實上，無論怎麼盡力忍耐，畢竟「棄世遇雪仍覺寒」[7]，若眼前有方便的工具實在無暇深究是否風雅，只顧沐浴在滔滔文明恩澤之下，乃是無法阻擋的趨勢。即使明白這點，我仍經常思考著若東方發展出與西方全然不同、獨特的科學文明，那麼我們社會的樣貌是否會與今日全然不同呢？比方說若我們有著自己的物理學及化學，並且獨自發展出建立於其上的技術及工業，那麼日常生活各種機械、藥品、工藝品，是否都能夠有著更加符合我們國民性的物品呢？不，恐怕對於物理學、化學本身的原理，都會和西洋人有不同的看法，對於光線、電、原子之類的本質與性能或許也會呈現出與現在我們所知的內容完全相異的樣貌。我畢竟不了解這些學理上的東西，只能模糊奔馳於想像之中，但至少在實用方面的發明若是能夠走向獨創性質，那麼當然除了食衣住的形式以外，甚至連我們的政治、宗教、藝術、企業等形態肯定也會受到廣泛的影響。我們可以簡單地推測，如此一來東方肯定會有著獨樹一格的天地。

舉個近在身邊的例子，我以前曾經在《文藝春秋》雜誌上寫過鋼筆和毛筆的比較文章[8]，裡面提到如果鋼筆這種東西是由從前的日本人或中國人發明的，那麼筆尖肯定不會使用金屬、而是毛筆頭吧。而且墨水也不會是那種藍黑色，而是接近墨汁的液體，然後想辦法讓這種液體從筆管滲透到筆尖的毛。這樣一來，紙張用西洋那種紙也相當不便，就算必須大量生產製造，應該也會想方設法做成類似和紙的紙質、類似改良半紙之類的東西吧。如果紙張、墨汁和毛筆發展到那個程度，那麼鋼筆和墨水也就不會有今日的風潮，當然也就不會有人大肆宣揚日語羅馬字論[9]之類的觀點，一般人對於漢字和假名文字的喜愛也會更加強烈吧。不，不僅如此，就連吾等的思想和文學，也都不需要模仿西洋，或許能夠勇往直前走向獨創的新天地。如此想來雖然文具只是些小東西，但其影響可謂無邊無際。

○

思考這些事情不過就是小說家的白日夢，然而我相當明白，時至今日是已經不可能

7 西行法師所做之和歌。內容是說「即使拋棄塵世，在下雪的日子依然會感到寒冷」。
8 谷崎潤一郎發表於1933年10月號《文藝春秋》上的〈文具漫談〉。
9 使用拉丁字母來拼寫日文的理論。

讓時間倒流重新來過了。因此我所說的這些事情不過就是癡心妄想無法實現之事而大肆抱怨罷了，然而抱怨歸抱怨，想想我們和西洋人相比究竟損失有多麼慘重也無妨。總地來說西方循著適當的方向達到今天的水準，而我們因為撞上了優秀的文明而不得不加以吸收，然而也因為必須走上與過去數千年來發展的路程不同的方向，所以才會發生各式各樣的問題與不便。說到底若我們就這樣撒手不理，那麼到了今日在物質上與五百年前相比或許也不會有什麼進展。如今若去中國或印度的鄉下，那裡的生活恐怕也與釋迦牟尼和孔子的時代沒什麼兩樣吧。不過那也只是他們選擇了與自己本性相合的路走。而且雖然緩慢，還是會一點一滴進步，總有一天或許也能不需要借助他人力量，發現足以取代今日電車、飛機、收音機的東西，以及更加有利於自己文明的利器。

說得簡單點，就算是看電影，美國和法國、德國的電影在光影及色調上都不一樣。姑且不論演技或者角色，在攝影方面就已經展現出國民性的差異。就連使用同一種機械、藥品和底片都如此大相逕庭，不禁讓人想著若是我們也有某種舊有的攝影技術，該有多麼適合我們的皮膚、容貌與風土氣候呢。錄音機和收音機也是，如果是我們發明的，應該能夠更加發揮出我們的聲音及音樂的特性吧。原先我們的音樂就比較內斂、是一種情懷上的產物，一旦錄成唱片或者用音響大聲放出來，就會失去一大半的魅力。談話方面也是如此，我們的聲音較為細小、詞彙數量少，而且最重要的便是「停頓」，但如果透過機械，「停頓」的功效就會喪失殆盡。因此我們為了配合這些機械，反而開始扭曲我們自己的藝術。而對西洋人來說，這些機械原先就是他們發展出來的東西，正好有利於他們的藝術也是理所當然。在這方面來說，我認為我們的損失實在是太大了。

○

紙這種東西據說是中國人發明的，西方的紙張對我們來說就是單純的實用品，沒有其他任何感覺，但看著唐紙或和紙的肌理，就感受到一種溫暖、心靈也得以沉穩。就算一樣是白色的紙張，西方紙張的白與奉書或白唐紙的白卻不一樣。西方紙張的肌理雖然有著反射光線的興味，然而奉書或唐紙的肌理卻有如柔軟初雪的表面，蓬鬆且將光線吸收其中。同時手感柔順、無論折起或相疊都悄然無聲。就像是撫摸著葉片一般能夠感受到恬靜與潤澤。說起來我們看到閃閃發亮的東西就覺得心情無法安穩，西方人的餐具會使用銀、鋼鐵或者鎳製的產品，而且還打磨得亮晶晶，但我們實在是不喜歡那樣光輝耀眼的東西。雖然我們的茶壺、杯子、酒壺也會使用銀製的東西，卻不會以那種方法打磨。

我們更加喜愛那種表面光輝已經黯然、年代久遠甚至已經有些發黑的物品，要是有那種不懂風雅的女僕把好不容易才有了鏽痕的銀器打磨得閃閃發亮，反而會遭到主人叱責，這是在一般家庭都會上演的事件。近年來中國料理的餐具一般會使用錫製品，想來中國人也是喜愛那種材質的古色古香感吧。雖然物品嶄新時看起來就像鋁、給人感覺實在不太好，但在中國人的手中就是會染上一層時代風霜、非得要把東西做成充滿雅趣才行。而刻在那表面上的詩文，也會隨著錫器肌理發黑而更相得益彰。也就是在中國人的手中，那種輕薄刺眼的輕金屬錫，也會轉為有如朱泥那樣帶著深度、沉穩而莊重的東西。

中國人也喜愛一種被稱為玉的石頭，有著巧妙淡薄的混濁彷彿凝結了幾百年古老空氣，最深之處也蘊含著那樣溫潤的光芒，會認為這樣的石塊有其魅力，恐怕也只有我們東方人吧。既無紅寶石或祖母綠那等色彩，也不具鑽石那種閃耀光輝的石頭究竟有哪裡好的？我們其實也搞不太懂。但看著那溫潤的肌理，就覺得這正是中國的石頭、甚至覺得長久以來支撐中國文明的碎片就堆積在那混濁的厚片當中，這麼想來中國人會喜歡這樣的色澤與材質，實乃理所當然。就算是水晶之類的，近來我們也從智利進口了不少，但是和日本的水晶相比，智利的水晶實在過於剔透。過去甲州[10]產的水晶在透明的晶體中有著模糊的朦朧、給人一種沉穩的感覺；另外還有草入晶[11]之類的，在水晶深處混入了不透明的固體，反而更讓人欣喜。

就連玻璃也是，中國人所製成的那種乾隆琉璃，與其說是玻璃，其實更接近玉石或者瑪瑙。製造玻璃的技術很早便傳到東方來了，卻沒能發展到跟西方相同，反而是陶器持續進步，想來跟我們的國民性是絕對有關係的。我們雖然不會討厭所有亮晶晶的東西，但比起那些光鮮亮麗的東西，我們還是更加喜愛有著沉穩陰影之物。不管是天然的石子、還是人工的器具，一定都會帶著晦暗的光彩、讓人覺得它曾歷經時代風霜。

說什麼時代風霜是挺好聽的，其實就是手漬的痕跡。中國有「手澤」一語，在日文中則稱為「馴順」，表示在經年累月人手碰觸、不斷撫摸著同一個地方後，手上的皮脂

10 甲斐國，大約為現在山梨縣。
11 現代稱為髮晶等。

自然就會滲入物品當中，進而展現光芒，既然是這種光芒，那的確就是手漬了。這麼說來「寒氣自風流」的同時，寒氣「自下流」也是能說通的。總之我們所喜愛的「雅致」當中存在了幾分不潔、不衛生的分子，這事是無法否認的。相較於西方人無論如何都想把汙垢連根拔除，東方人反而會相當珍惜地保存起來並加以美化。要說這是不服輸罷了我也無法反駁，但結果就是我們深愛著沾染上人類汙垢、油煙或者風雨髒汙的東西，乃至於喜愛那些能讓我們想起這些東西的色澤或光彩，若是住在這類建築物中或器具之間，我們就會莫名地感到心靈平靜、精神安穩。因此我總想著醫院的牆壁顏色、手術服、醫療機械之類的東西，若是要服務日本人，就不應該維持那樣光輝奪目、無比白皙的樣子，稍微陰暗點、加點柔和感會比較好吧？如果牆壁是砂牆之類的、能夠躺在日式房間的榻榻米上接受治療的話，患者也就不會那麼緊張。

我們會之所以討厭去看牙醫，除了那個理所當然的刺耳聲響以外，另一個原因就是有太多玻璃和金屬製的閃閃發光物品，實在令人望之生怯。在我精神不濟情況嚴重時，聽到一位從美國回來的牙科醫生誇耀自己最嶄新的設備，反而覺得毛骨悚然。而一間位處近郊小都市、手術室設在老式日本宅子裡，給人感覺有些落後的牙科診所卻能讓我安心前往。話雖如此，醫療機械要是給人老舊感也是頗有問題，但若近代醫術在日本有所成長以後，應該也會有人試著讓那些照顧病人的設備和機械能夠更加融入日式房間吧。這也是我們借助他人力量而蒙受損失的範例。

○

京都有間叫做「草鞋屋」的知名料理店，這間店家直到最近才在客房裡裝電燈，以使用古風燭台聞名。然而睽違多時在今年春天前往造訪，卻不知何時已經點起行燈式的電燈。詢問店家是何時裝上電燈，說是去年開始換上的。畢竟有許多客人表示蠟燭燈火實在過於昏暗，無可奈何只好改成這個樣子，但若客人表示還是比較喜歡以前那樣，他們也會再拿燭台過來。既然我本就為此樂趣而來，當然就請店家換成燭台。那時我感受到，日本的漆器之美果然還是要放置在這種朦朧的光影中才能散發出來。「草鞋屋」的房間是大約四張半榻榻米的小巧茶席，壁龕柱子和天花板都黑得發亮，因此就算使用行燈式的電燈也還是會覺得昏暗。然而用了更不光亮的燭台之後，於火光搖曳中凝視陰影下的餐盤和餐碗，就能夠看見這些漆器上頭的光澤有如沼澤般地深沉與溫厚，散發出前所未見的魅力。也就能夠明白我們的祖先發現漆這種塗料，進而喜歡塗了這種材料的器具色澤絕非偶然。

友人沙巴魯瓦魯[12]告訴我，印度現在也仍然相當厭惡以陶器做為餐具，大多使用漆器。而我們則相反，除非是茶會或者儀式等場合，否則餐盤和湯碗以外的東西幾乎全部都是陶器。一提到漆器就讓人覺得有些俗氣、不夠雅致，原因之一不正是由於採光和照明設備帶來的「明亮」嗎？事實上我們可以說，若是沒有把「陰暗」這個條件列入，就無法體會漆器之美。時至今日雖然也有白漆之類的東西，但自古以來的漆器肌理都是黑色、棕色或者紅色，而且都是堆積了好幾層「陰暗」的顏色，令人不禁覺得這便是在黑暗籠罩之下必然會出現的物品。那些妝點了華美無比蒔繪而炫目耀眼的上蠟小盒、案桌、架子等物品，看起來就相當刺眼、令人心神不寧，甚至覺得俗不可耐。然而若將包圍那些器具的空白都填上深沉的陰暗黑色，用一盞燈火或蠟燭的光線取代太陽或電燈去重新審視它們，想來那刺眼的東西也會變成底蘊深沉、端雅莊重的物品。過往的工藝師傅為那些器具上漆、描畫蒔繪的時候，腦中想的肯定是那樣陰暗的房間，考量的是微弱光線中的效果，會奢侈地使用大量金色，也是評估過那樣的色彩在黑暗中浮現的光景、反射燈火的程度。

也就是說，金蒔繪這種東西不該在明亮之處一眼看清其整體樣貌，而應該在陰暗的場所中於點滴窺探其內蘊之光芒，畢竟那豪華絢爛的圖樣大部分隱沒在黑暗之中更能給人難以言喻的餘韻。而那熠熠生輝的肌理光澤若置於陰暗之處，則能映照出火光搖曳，讓人明白即使寂靜的房間也有風兒徐來，不知不覺便引人進入冥想狀態。若那陰鬱的室內沒有漆器那種東西，那麼在這蠟燭及燈火醞釀出閃爍著怪異光芒的夢幻世界當中，只由燈火跳動告知暗夜脈搏，將失去多少魅力呢。漆器實在就有如榻榻米上有幾道小溪流過、池水盈滿該處，四下捕捉那孤燈之影，既細微又淡薄、忽隱忽現，將夜晚本身編織成蒔繪般的綢緞。

說起來以陶器作為餐具其實也不壞，但是陶器並沒有漆器那種陰影及深度。以手觸摸陶器的感受是沉重又冰冷，而且導熱又快所以盛裝熱食也相當不方便，況且還有著鏗鏘聲響；漆器不但拿起來輕、手感柔和，也不會發出刺耳的聲音。當我將湯碗拿在手裡

---

12 Kesho Ram Sabarwal，記者兼印度革命家，一度亡命到日本。滯留多年期間與許多文學者多有往來。

時，實在相當喜愛手掌托起的湯汁重量以及那種恰到好處的微溫。就像是撐起剛出生的小嬰兒那軟綿綿身體一般的感覺。至今大家的湯碗仍舊使用漆器，道理就在這裡，用陶器裝的話感覺就完全不對了。

首先，拿起蓋子時，陶器裡裝的湯汁內容物和顏色馬上一覽無遺。漆器碗的好處就在於拿起蓋子到送往口中的這段時間，能夠眺望那陰暗深沉的底部與容器顏色幾乎如出一轍的液體無聲沉澱的瞬間。人們雖然無法分辨碗裡的黑暗中究竟有什麼，卻能從手部感受到湯汁緩緩晃動，同時因為碗邊那小小的水珠而得知湯碗正冒著蒸氣，而我們也憑藉那蒸氣送上來的氣味得以在送入嘴前預想一下模糊的口味。這瞬間的感受，與西洋把湯品裝在淺色發白的盤子裡相比實在大異其趣。給人一種神秘感，或也可說是禪意。

○

當我面對著湯碗，那滋滋細響便沁入耳中，聆聽那有如遠處蟲鳴的聲音、心思馳騁在將要入口的食物滋味時，總覺得自己早已渾然忘我。據說茶人會將水沸之聲聽作山頂松風並進入無我的境界，想來也是這樣的心境吧。人云日本料理並非用來享用、而是用來欣賞的東西，像這種情況，我認為並不僅僅是欣賞、而是適合作為冥想之物。而這當然是黑暗中閃爍的蠟燭燈光與漆器合奏出的無聲音樂效果。

以前漱石先生在《草枕》當中曾經讚美羊羹的顏色，這麼說來那顏色的確也有著冥想風格呢。如玉石般半透明而朦朧的表面彷彿將日光吸收到深處，由內散出如夢似幻的光輝，那顏色的深度及複雜度，絕對不會在西洋點心上看到。相較之下鮮奶油那種東西實在是膚淺又單純。羊羹本身的色澤就能給人如此感受，若放入漆器的點心皿、沉入那勉強只能分辨羊羹與漆器不同的陰暗當中，又更能引人冥想。當人們將那冰冷滑溜的東西含進口中，就彷佛室內黑暗化為一顆甜美團塊在舌尖上融化，就算是不怎麼美味的羊羹，也都增添了一份謎樣的深度。說來餐點的色澤無論在哪個國家都會盡可能搭配餐具和牆壁等處的顏色，而日本料理若是在明亮之處使用白晃晃的餐具來享用的話，確實會連食慾都消了大半。比方說我們每天早上都要喝的紅味噌湯也是，從它的顏色就能了解，這是以往在昏暗的家中發展出來的東西。

我曾在受邀茶會時接受對方招待味噌湯，平常不作多想只是當成食物的混濁紅土色湯汁，在那朦朧的蠟燭光線下於黑漆碗中沉澱，顏色看來實在相當有深度又美味。除此之外還有醬油之類的，京阪地區的生魚片、醬菜、燙青菜會使用口味濃郁的「溜醬油」，那有著黏稠光澤的醬汁是多麼饒富陰影且與黑暗調和呢。另外像白味噌、豆腐、魚板、山藥泥、白肉魚的生魚片等，那些表面白白的東西，若是周遭過於明亮也無法凸顯出其本身的顏色。首先光是以白飯來說，裝在黑漆漆飯盒當中而且放在陰暗之處，看上去不僅美麗也更加刺激食慾。白色米飯剛煮好就猛然掀起鍋蓋、在鍋下冒著熱騰騰蒸氣的時候盛裝到黑色容器當中，見到飯粒一顆顆彷彿珍珠般閃爍著光芒，只要是日本人都會感受到米飯的可貴吧。如此想來，我們的料理基本就是建立在陰影的基礎上，與黑暗這種東西有著剪不斷的密切關係。

○

我在建築這方面完全是門外漢，不過西方的寺廟有種哥德式建築的屋頂相當高聳、塔尖入天，這是他們的美學概念。相反地，我國的大型寺廟在建築上是有著大片屋瓦，將整體結構容納在那片屋頂下的深廣陰影之中。不僅僅是寺廟，就連宮殿、平民住宅也是，從外觀上看來最為顯眼的不是屋瓦房頂、就是茅草頂的大屋簷，而在那屋簷覆蓋之下就是一片濃厚的陰影。就算是大白天屋簷下也環繞著有如洞穴中的黑暗，有時候甚至連玄關、門板、牆壁、柱子也難以辨識。就算是知恩院或本願寺那樣宏偉的建築，也與野草旺盛的鄉下農家一樣，過去大多數建築若是比較屋簷下方的屋體和屋簷上方的屋頂，至少看過去會覺得屋頂較為沉重、高壯、面積也比較大。看來我們打造居所的時候，最重要的就是張開這名為屋簷的大傘，在大地上灑下一圈影子，然後在這暗淡的陰影中建造房屋。當然西洋的屋子也有屋頂，但那主要並非遮蔽日光而是避免風吹雨淋，他們盡可能不想因此造成陰影，至少希望讓內部多少能夠射入一些光線，這從外型就能很容易理解。若將日本的屋簷比喻為一把傘，那麼西洋的就像是帽子。而且還是像打鳥帽那樣盡可能縮小帽緣，讓屋簷邊也能夠直接曝曬在日光下。而日本房屋的屋簷之所以延伸的比較長，應該與氣候風土、建築材料和其他許多事情有關吧。

比方說我們沒有使用磚瓦、玻璃、水泥那類東西，若要防範橫向吹來的風雨，就必須延長屋簷。對日本人來說，明亮的房間當然比陰暗的房間方便，但這也是無可奈何。不過所謂美這種東西通常都是從實際生活中發展出來，我們被迫居住在陰暗房間中的祖先，不知何時便發現了陰翳之美，最後為了達成美這個概念而利用了陰翳。事實上日式房屋的美，全部依循著陰翳濃淡而生，再無其他。西方人看見日式房屋那樣的簡樸會大為驚訝，會覺得只有一片灰色牆壁、什麼裝飾都沒有，雖然對他們來說這實在太過怪異，但那是因為他們完全不了解陰翳的神秘。

我們則不僅如此，還要在光線已經不容易進入的房間外加上帶屋頂的走廊、或者與房間同高的緣廊，讓日光離得更加遙遠。而且庭院反射進室內的光，還要透過紙門悄悄溜入朦朧的光線。我們和室之美的要點，完全就在於這種間接的柔和光線。我們為了讓這無力、寂寥又優柔寡斷的光線，能夠靜謐安穩地滲入房間牆壁，所以才故意塗抹上顏色虛弱的砂牆。倉庫、廚房、走廊等處的顏色會稍微有些光澤，但是房間中的牆壁幾乎都是砂牆，絕對不會反光。若是會反光，那飄渺光線的柔軟虛弱氣質就會消失。

我們就是想要欣賞那外頭射入的不穩定光線、勉強附在昏黃牆面上苟延殘喘的纖細微光。對我們來說，那牆上的明暗遠比任何裝飾品都要來的美妙，令人百看不厭。而那些砂牆也是為了避免擾亂這種光亮，所以當然只會上一層單一素色，雖然不同房間的顏色也會有稍許不同，但差異實在非常微小。與其說是顏色的差異，不如說僅僅是濃淡的差別，跟觀看者心情相異是差不多的概念。而且那牆壁顏色的陰暗程度又會讓不同的房間產生相異的陰翳色調。

特別是我們的和室當中有所謂的壁龕，雖然也會裝飾掛軸或者插花，但與其說掛軸或鮮花本身是裝飾，其實為陰翳增添深度才是重點。就算是要掛個卷軸，我們也會以掛軸本身和壁龕牆壁之間的諧和，也就是「映襯壁龕」為優先。我們重視掛軸本身有如內容的書畫巧拙，是由於若映襯的效果不好，那麼不管是什麼樣的名書畫都會失去掛軸的價值。而相反地，有時一個雖然非大傑作的獨立書畫作品，試著掛進茶室的壁龕後發現與那房間相當協調，那麼不管是掛軸或房間給人的感覺都會更上層樓。這類書畫本身也許不是什麼水準特別高的掛軸，若問是哪方面讓人覺得協調，通常都是因為使用的紙張、其書畫墨色、又或者是裝裱的布料所帶有的古色。

那古色正好維持了壁龕與房間的陰暗平衡。我們常在拜訪京都或奈良名剎之時，參觀那被稱為寺廟寶物的掛軸，通常就掛在幽深寬廣書院的壁龕上，那種壁龕通常就連白天也相當陰暗，根本連畫了什麼都看不太清楚，只能聆聽導覽的說明，看著那消失在即的墨色想像多半是張相當氣派的畫吧，但那模糊古畫搭配陰暗壁龕實在天衣無縫，圖案不鮮明根本是雞毛蒜皮的小事，甚至讓人覺得這樣朦朧才是恰到好處。也就是說這種情況下，那張畫僅僅是為了承接虛無縹緲光線的優雅「表面」，不過是跟砂牆發揮了相同的功效罷了。我們明明是要選擇掛軸，卻重視其時代和「寂寥」感的理由正在此，新畫就算是用水墨或淡彩，一個不小心就會破壞掉壁龕的陰翳。

○

若將日式房間比喻為一幅墨畫，那麼紙門就是墨色最淡的部分，壁龕則是最深之處。每當我看見那精雕細琢的日式房間壁龕，總感嘆著日本人有多麼了解陰翳的秘密、在使用光影上又是多麼巧妙。因為那裡並沒有什麼特別裝飾上去的東西。說起來就是使用簡潔的木材與牆壁打造出一個凹進去的空間，而透進室內的光線就會在凹陷各處打出朦朧的陰影。即便如此，我們還是會凝視著填補在壁龕上的橫木後、花飾的周遭、一邊裝飾架下方的黑暗，就算那是空無一物的陰影，還是能夠感佩那只有空氣靜謐沉澱、永劫不變的閑靜寂寥佔據那片陰暗。想想西方人所說的「東洋神祕感」或許指的正是這種陰暗具備的毛骨悚然寧靜氛圍。而我們在少年時代，每當凝視著日光無法照射到的茶室或書院壁龕深處，也會感受到一種難以言喻的恐懼及寒意。

那神祕的關鍵又在何處呢？講明白點，其實就是陰翳的魔法。如果將那些無所不在的陰影都驅除走，那麼壁龕就會驟然變回一片空白。我們祖先中的天才，隨興遮蔽了虛無的空間打造出自生的陰翳世界，使其有著優於任何壁畫或裝飾的幽玄氛圍。這看起來是種簡單的技巧，卻又不是那樣容易。比方說壁龕旁窗孔的開設方式、上方橫木的深度、整體外框的高度等等，這些我們都可以推測有著許多看不見的苦心，尤其是書院紙門那白濛濛的朦朧光線，總讓我駐足在前方忘卻時間。

原本書院就如其名，是用來讀書的地方，所以當然會設置窗戶。不知何時開始變成是為了壁龕光線而做的採光，不過與其說是採光，還不如說是用拉門的紙張稍微過濾一下側面從外頭射進來的光線，發揮弱化光線的效果。那映照在紙門背面的逆光，多麼令人感到清冷而又寂寥啊。廳院的陽光穿過屋簷經過走廊好不容易到達此處，卻已經失去了照耀東西的力量，就像是氣力盡失般只能凸顯出紙門那紙張顏色的白皙。我常佇立在那紙門前凝視著雖然明亮但一點兒也感受不到刺目的紙張表面。在大型寺廟建築的和室由於與庭院的距離甚遠，光線也會更加薄弱，無論春夏秋冬、晴日陰天、朝夕晌午，那淡白色幾乎都不會產生變化。令人驚訝的是格目較多的紙門上，每個木條格子打造出來的陰影就像是堆積著灰塵一般，似乎就這樣永遠滲入紙中一動也不動。這種時候，我總會訝於那如夢似幻的光線而眨眨眼。眼前好像一片霧濛濛，就像視力退化似的。那是由於淡白色紙張的反光無力驅趕壁龕深沉的黑暗，反而遭到黑暗反彈，形成一個明暗難以區分的迷茫世界。

各位進入這種房間的時候，是否曾感受到那房間裡的光線與一般光線似乎並不相同，特別是有種難得而隆重的氛圍？又或者是待在房間裡就不知道時間是否有在流動，擔心或許不知不覺間就過了很長一段歲月，走出房間時已變成白髮蒼蒼的老人？因此而對「悠久」這種概念懷抱著恐懼呢？

○

各位又是否曾見過那種龐大的建築物後方深處的房間，在外頭光線絲毫無法透入的陰暗裡，那金色拉門與屏風補捉好幾十尺外遙遠庭園的光線尾巴，反射出朦朧的夢幻光景？那反光有如黃昏時分的地平線，將微渺的金色光線投射在周遭的黑暗之上。我實在沒有想到黃金這種東西也能夠展現出此等沉痛之美。所以從前方走過以後，又會回頭再看好幾眼，然而從正面往側面移動的同時，那金色箔紙的表面又會緩緩閃出大片光芒。它不會眨眼般匆忙閃爍，而是像巨人的臉色產生變化那樣，在好一段時間以後忽然轉瞬亮起。有時那梨地[13]金色原先反射著彷彿沉睡般的柔和光線，一轉到側面卻發現它閃閃發光彷佛正在燃燒。在這樣昏暗的地方究竟是怎麼聚合如此大量光線的呢？實在是相當神秘。

因此我開始理解為何過去的人會將黃金塗在佛像上，又或者貼在貴人起居房間的牆

13 梨皮感的表面處理。

面上。現代人居住在明亮的屋子裡，所以不懂這種黃金的美麗。但過往的人居住在陰暗的房間中，所以不僅僅是喜愛那美麗的色調，同時也明白它的實用價值。因為在缺乏光線的室內，這東西可以用來當成反光板。也就是說他們並非奢侈使用金箔或金砂，而是利用其反光性質來彌補不足的光線。這樣說來，也就能夠理解銀或其他金屬過段時間後就會失去光澤，而黃金卻能長久不失其閃耀、照亮室內黑暗，所以才會特別貴重的道理。

我前面曾提到蒔繪這種東西是為了讓大家在陰暗處欣賞而製作出來的，這樣看來除了蒔繪以外，布料之類的東西從過往就經常使用金銀絲，應該也是基於相同的緣故。僧侶所穿的金襴袈裟類的袍子，不正是最好的例子嗎？今日城中大多寺廟都為了配合大眾需求而讓本堂中一片光明，結果在那種地方就顯得相當俗氣，無論是多麼德高望重的高僧穿著，也不讓人覺得莊重。若是前往歷史悠久的寺廟當中參加依循古法辦理的佛事，就能夠明白滿是皺紋的老僧皮膚、佛前燈火明滅搭配那金襴材質有多麼協調，又是多麼莊嚴隆重。就跟蒔繪一樣，華美的編織圖樣大部分都會隱藏在黑暗之中，只有金銀絲會偶然閃出光芒。

另外有件事情或許是我自己的感覺，不過我認為最能夠映襯出日本人皮膚的就是能樂服裝了。大家都知道那種服裝大多豪華絢爛、使用大量金銀色調，而且穿著那種衣服登台的演員並不會像歌舞伎演員那樣塗抹白粉，但我卻覺得日本特有的泛紅淺褐肌膚、又或者是偏黃的象牙色素臉在那個時候是最能夠發揮魅力的，每次我去看能劇都會在心中如此感嘆。其實織入金銀線或者帶刺繡的褂衣也非常適合，不過深綠或黃褐色素襖、水干、狩衣之類的，還有純白色的窄袖及寬袖和服也都很適合。有時候會見到美少年能樂演員，那有著細膩肌理及年輕光澤的臉頰也因此更加顯眼，看起來有著與女性肌膚不同的蠱惑人心感，看來過往王公貴族寵溺童子姿色想來也是受到這種地方吸引吧，頗有可能。

歌舞伎當中歷史劇和舞蹈部分的衣裳華美程度並不亞於能劇，而且大多數人也認為其性魅力遠遠超出能劇，不過若經常觀賞兩個劇種，應該就會發現其實相反。如果只是稍微欣賞一下，那麼歌舞伎服裝的確比較性感、也較為美麗，這點我沒有異議。但過往也就罷了，如今使用西方照明的舞台上，那絢爛的色彩就變得相當刺眼、俗氣平庸，令人不忍卒睹。服裝都如此了，化妝更是這樣，就算是為了看起來美麗，那也不過是人工雕琢出來的臉龐，無法讓人感受到天生的麗質。然而能樂演員不管是臉部、領口、手部，都是素著原先的皮膚上台。顯然眉目艷麗是那人原先的樣貌，絲毫不會欺騙我們的眼睛。

因此能樂演員就算是女形[14]或小生脂粉未施也不可能讓觀眾興趣缺缺。我們能夠感受到的是他們與我們擁有相同顏色肌膚，穿著那乍看之下怎樣都不適宜的武士時代氣派服裝時，有多麼凸顯出他們的容貌。

以前我曾在能劇《皇帝》當中見過扮演楊貴妃的金剛巖先生，他那由袖口伸出的玉手之美，我到現在都無法忘懷。我一邊觀察他的手，又低眼瞧瞧自己擺在膝頭上的雙手。他的手看起來會那樣美麗，應該是因為手腕到指尖那精微的手掌擺動方式、以及使用獨特技巧的指法，但那種皮膚顏色彷彿由內部反射出朦朧明亮度的光澤，究竟是從何處而來實在令我詫異不已。再怎麼說那都是一雙普通的日本人的手，和我現在擺在膝頭上的手，肌膚色調根本沒有什麼差別。

我不斷來回比較舞台上金剛先生的手和自己的手，再怎麼看都是一樣的手。但就是如此奇妙，那同一雙手上了舞台就是如此妖豔美麗，而自己膝頭上的手怎麼看都是雙平凡的手。不只是金剛巖先生才有這種情況。能劇當中沒有被衣裳包裹的肉體只有一小部分，就是臉龐、領口、手腕到指尖這點部分，若是楊貴妃那種還戴著面具的角色那就連臉都會被遮起來，但僅存外露部分的色澤卻令人留下深刻印象。當然金剛先生是特別明顯，不過大部分演員的手，也就是那平凡無其的日本人手掌，都能發揮出穿著現代服裝時我們無法察覺的魅力，令人驚訝地緊盯著瞧。我再重複一次，這並不僅限於美少年或美男子演員。比方說平常我們根本不可能覺得普通男人的嘴唇有什麼吸引力，但在能劇舞台上，就連那略為深沉、紅潤而濕潤的肌膚，卻都給人一種比擦了口紅的婦人更具肉體上的黏膩感。這當然也是因為演員為了唱劇中的歌謠而一直用唾液沾濕嘴唇，但我認為不單純是這個原因。

另外還有孩童演員總是兩頰紅通通，那個紅色光澤也非常的顯眼。在我的經驗當中，穿著綠色系底色服裝的時候最容易看到紅通通的臉頰，當然肌膚白皙的孩子是很明顯，但其實膚色深些的孩子臉上那紅色反而更加突出。為什麼會這麼說呢？肌膚白皙的孩子臉上紅潤自然相當明顯，但能劇服裝那種暗沉色調反而給人太過強調對比的感覺；然而膚色較深的孩子那深褐色臉頰上的紅就不會那樣刺眼，使服裝與臉龐能夠相互映照。沉穩的綠色及棕色兩個中間色互相輝映，讓黃種人的肌膚適得其所，如今仍引人入迷。我

14　能劇中的女性角色，多為男性演員飾演。

不知道這種顏色調和打造出的美麗是否還有其他事物，但若能劇和歌舞伎一樣使用了近代照明，這些美感應該也會全數在刺眼的光線下煙消雲散吧。因此舞台必須要維持與從前一般陰暗，而建築物本身也是越古老越好。地板有自然光澤、柱子和鏡板閃爍出歲月的黑光、橫樑到屋簷的黑暗有如大型吊鐘掛在舞台上遮蔽演員頭頂，這種地方是最好的，以這點來說最近能劇在朝日會館或公會堂等處演出，雖然也是件好事，但應該失去了大半的風味吧。

○

說起來纏繞在能劇上頭的黑暗，以及由該處而生的美，時至今日是只有在舞台上才能看見的特殊陰翳世界，但回溯過去恐怕並不是離現實生活這樣遙遠。畢竟能劇舞台的昏暗就是當時住宅建築的昏暗，而能劇服裝的花樣及色調雖然是有稍微誇張一些，但大致上應該與當時的王公貴族穿的是相同的東西吧。我一思及此便不禁想像過去的日本人，尤其是戰國或桃山時代穿著豪華服裝的武士等人，和今日的我們相比肯定美麗許多而不禁感到恍神。能劇完全將我們同胞男性之美以最顛峰的形式展現在我們眼前，那些昔日戰場過去的古老武士們，風吹雨打下顴骨突出的深褐色臉龐穿上那種底色及光澤的素襖、大紋或裃[15]的姿態是那樣威風凜凜而莊嚴。當然觀賞能劇者多少會享受一下沉浸在這等聯想中的樂趣，一想到舞台上的五彩繽紛世界過去真實存在，就覺得除了演技以外亦能思古。

相反的，歌舞伎的舞台則完全是個虛偽的世界，和我們素來之美並無關係。別說是男性美了，就連女性美也一樣，我們實在很難想像過去的女性會是現在舞台上那種樣子。能劇當中女性角色會帶上面具，所以當然也與現實相去甚遠，但是看歌舞伎劇中的女形就更加欠缺說服力。當然這完全是因為歌舞伎的舞台實在過於明亮。在尚無近代照明設備的時代，只用蠟燭或油燈勉強打亮的歌舞伎舞台，那時候的女形或許會比較接近現實中的樣子吧。另外在近代歌舞伎劇中沒有從前那樣女人味十足的女形，問題並不一定是在演員素質或容貌。若是讓過去的女形站在今日燈火通明的舞台上，那男性有稜有角的

15 素襖與大紋皆為武士的禮服中的長和服，裃為上下分開的和服與褲裙。

線條肯定會相當明顯，只是過去燈光昏暗所以稍微掩蓋住了。我觀看梅幸晚年飾演阿輕，就痛切感受到這一點。因此我認為歌舞伎之美會滅亡，完全就是無用而過剩的照明造成的。我聽大阪的戲迷說文樂的人形淨琉璃到了明治年間後有好長一段時間都還是使用提燈來打光，那時候的劇遠比現在來得有韻味多了。到了現在，我也覺得人偶看起來還比女形來得有真實感，想想其來有自，因為那昏暗提燈照耀之下，人偶特有的僵硬線條也會變得圓滑，容易反射光線的白漆也變得朦朧，整體相當柔和。遙想當時的舞台該有多麼夢幻美麗，就不禁打了個冷顫。

○

眾所周知文樂劇中的女性人偶只有臉部和指尖[16]。身體及腳部都包裹在長長的服裝裡，操偶者的手伸進去做動作就行了，我認為這是最接近實際的情況。以前的女人就是只有領口以上及袖口伸出的那一小部分，其他處都隱藏在黑暗之中。當時中流階級以上的女人都不太會外出，就算出門也是躲在乘坐的交通工具深處、盡量不讓自己在街上拋頭露面，通常都是深居在陰暗的宅子裡某個房間，不分晝夜將身軀掩埋在黑暗之中，好像只存在著臉部。而服裝這類東西，相較於比現代豪華許多的男性服飾，女性則是相反。舊幕府時代的商人家女兒或妻子的衣服樸素到令人驚訝，簡單來說就是因為衣服也是黑暗的一部分，不過是用來銜接黑暗與臉龐罷了。會有鐵漿[17]之類的化妝方式，想想目的應該也是要將臉龐以外的空間全部填滿漆黑，所以才讓口腔中也叼著一片黑暗吧。時至今日那種婦女之美，除非去島原的角屋那類花街柳巷，否則根本無法看到。但回想年幼時日本橋的家中深處，靠庭院光線做針線活的母親面容，我似乎也能稍微想像一下過往的女性風貌。

那已經是明治二十年代的事情了，那時候東京的屋宅大多還是相當陰暗的建築，我的母親、伯母、還有一些親戚，那個年紀的女性大多有使用鐵漿。平日穿什麼我是不記

16 女性人偶是由操偶師手持頭部下方及兩手的操縱用木棍演出，衣服下的身體是操偶師本身的手，若有腳部動作則是捏著布料做出動作。男性人偶則有腳部零件可做出踢或走等動作。

17 將牙齒染成黑色。

得了，但若外出的話通常都穿著灰色底帶小碎花圖樣的衣服。母親身材非常矮小，幾乎不滿五尺，不過不是只有我母親這樣，那時候的女性大多是這個身高。不，說得極端點，她們幾乎沒有肉體。我只記得母親的臉龐、手，腳部也很模糊，完全沒有關於她身體的記憶。讓我想起這件事情是因為中宮寺的觀世音胴體，我想那大概就是日本女性典型的裸體像吧？略略帶有如紙張般纖薄的乳房、木板般的平坦胸部，腹部則比胸部更小了一圈，毫無凹凸而直挺的背脊及腰臀線條。

這個胴體和臉部及手足相比實在細瘦到比例上不太對勁、也沒有厚度，與其說是物體不如說就是根棒子，過往女性的胴體應該就是那種樣子吧？現今也還有女性擁有那樣的身體，像是一些名門家庭的老夫人、或者藝伎等。而我看見那觀音菩薩像的時候就想起人偶的操縱棍。事實上那個胴體就只是用來套著衣服的棍棒，並沒有其他用途。而負責打造出軀體的，則是那捲了好幾層的布料及棉花，要是脫掉衣服，就跟人偶一樣只剩下平凡無奇的操縱棍。但以前那樣就很好，對於居住在黑暗中的她們來說，只要有張白淨的面孔，就不需要胴體了。

這麼說來那些高歌近代女性肉體之美的人，恐怕很難理解這類女性的妖艷之美吧。

或許會有人說用陰暗光線來遮掩的美麗，並非真正的美。但我前面也說過，我們東洋人在空無一物之處打造出陰翳、創造出美麗。古歌有云：「拾柴聚枝可結庵，解簷散牆復歸原。」我們的思考方式也是如此，美麗並非存在物體本身當中，而是在物體與物體打造出的陰翳交織及明暗之中。夜明珠在黑暗中就會大放光彩，然而若置於白日之下則失去其寶石魅力，正是因為離開陰翳的作用不再美麗。也就是說，我們的祖先認為女人和蒔繪及螺鈿器皿相同，無法與黑暗分離，要盡可能使其沉浸在陰影當中，用長長的袖子及衣擺將她們的手腳都裹在陰影中，只讓一處也就是頭部裸露在外。這麼說來那既不勻稱又堪稱平坦的胴體和西洋婦人相比確實是醜陋的。但我們根本不會去理會看不見的東西，看不見的東西等同不存在。如果硬是要看那醜陋之物的人，就跟拿一百燭光電燈去照茶室壁龕一樣，只會自己把原先存在那裡的美給趕走。

○

但是，為何只有東方人有這種在陰暗中求取美麗的強烈傾向呢？西方也曾有過尚未存在電力、瓦斯或石油這些東西的時代啊，但孤陋寡聞的我，實在沒聽說過他們有喜愛陰影的癖好。從古老開始日本的鬼就沒有腳，但據說西洋的鬼有腳卻全身透明。從這些小事大概也可以了解，我們的幻想經常帶有深沉的幽暗，而對他們來說就連幽靈都跟玻璃一樣透明。其他日常生活的各種工藝品也是一樣，我們喜愛的色調就像是黑暗凝聚之物，他們的喜好則像是太陽光線疊合起來的顏色。在銀器和銅器方面，我們喜歡生了鏽的東西，而他們認為那相當不潔淨、不衛生，所以會研磨到閃閃發光。也盡可能不讓房間裡出現陰暗角落，把天花板及周遭的牆壁都塗成白色的。打造庭院的時候我們會種植樹木帶出深度，他們則拓出一片平坦的草地。像這樣相異的喜好，究竟是從何而來的呢？

想來我們東方人會在自己所處的境遇當中求滿足、有著甘於現狀的習慣，所以對於陰暗這種事情並不會心有不平，而想著這也是沒辦法的事情，缺乏光線就讓它維持這樣，反而讓自己沉潛至黑暗當中，並且發現其自有之美。然而積極進取的西方人，通常希望能有更好的狀態。把蠟燭換成油燈、又把油燈換成瓦斯燈、再從瓦斯燈換成電燈；不斷追求更強的光明，費盡心思要驅走那些微的陰影。這應該也是因為個性上的差異，但我也想從膚色不同這點來思考看看。我們從以前就認為白皙的肌膚比深沉的肌膚來得尊貴，且認為那是美麗的，但我們所認為的白皙肌膚和白種人的白又有哪裡不同呢？若我們近看每個人，有比西洋人還白的日本人、也有比日本人還黑的西洋人，但那種黑與白的的形式又不盡相同。

這是我過去的經驗談，以前我住在橫濱的山手地區，早晚都會和住在那裡的外國人出外遊玩，當我去他們進出的宴會或舞蹈場地時，在一旁看著他們實在不覺得他們特別白，不過遠遠看就會發現他們與日本人的差異實在一清二楚。日本人當中也有身上穿著不遜色於洋人的宴會服、且肌膚比他們更白皙的淑女，但若那位婦女單身混入他們之間，遠遠看過去也能馬上發現她。會這樣是因為日本人不管有多麼白皙，在那白色當中都會帶著些許陰翳。也因為如此，那些女人們為了不輸給西方人，會將背後、手臂到腋下，也就是肉體露出的所有部分都塗上厚重的白粉。但就算如此，仍然無法抹去那沉澱在皮膚底下的暗沉。就好像從高處向下看，清冽水底下的髒東西仍是清清楚楚那種感覺。尤其是指縫、鼻翼周圍、領口頸項、背脊等處，總會有黑黝黝像是堆積了灰塵的陰影。但西方人就算表面看來混濁，底層卻是光亮剔透，全身都沒有那種骯髒的陰影。從頭頂到指尖都是那樣白淨。

當我們有一人混進他們的集會之中，就好像白紙上滴了一滴淡墨，我們看了就覺得那個人實在礙眼、感覺不是很舒服。這樣一來似乎也能夠理解過去白人會排斥有色人種的心態，尤其是白人當中比較神經質的人，在社交場合上若看見一個髒汙痕跡，哪怕只是一兩個有色人種，恐怕也會坐立難安吧。這麼說來不知道現況如何，但過去迫害黑人最為激烈的南北戰爭時代，他們的憎恨與輕蔑不單單是針對黑人，據說還包含了黑人與白人的混血兒、混血兒之間的孩子、混血兒與白人生下的混血兒等。他們會說那是二分之一的混血兒、四分之一的混血兒、八分之一、十六分之一、三十二分之一的混血兒之類的，就連那麼一點點黑人的血液痕跡都要追究到底、加以迫害否則絕不罷休。即使乍看之下與純粹的白人並無相異之處，只是兩代甚至三代前有位祖先是黑人的混血兒，他們也會紅著那執著的雙眼，絲毫不肯放過潛藏在那純白肌膚下的些許色素。

思考過這些事情以後，便能夠明白我們黃種人與陰翳這種東西有多麼關係密切。沒有人願意將自己置身於醜惡狀態之中，因此我們當然會使用顏色黯淡的東西作為食衣住的生活用品，讓自己沉靜於昏暗的氛圍，我們的祖先並非對於自身肌膚帶著陰翳有所自覺，也不是因為知道有比他們更白皙的人種，而是他們對於顏色的感覺自然地催生出這樣的嗜好。

○

我們的祖先在明亮的大地上切割上下左右前後，先是打造出陰翳的世界，然後將女人置於幽暗的深處，認定她們是這個世界上最白皙的人。若肌膚的白皙是最上等的女性美中不可或缺的條件，那麼我們除此之外別無他法，所以也對此無所動容。白人的髮色明亮但我們卻有著深沉的髮色，這是大自然在教導我們陰暗的道理，而古人則下意識的依循這個道理讓我們偏黃的臉龐顯得白皙。我前面提到了鐵漿之事，另外還有過去的女人會剃掉眉毛，應該也是為了讓臉龐更加清晰吧？而我最為感嘆的就是那閃爍著玉蟲綠色光芒的口紅。到了今日就連祇園的藝伎都幾乎沒有在用那種口紅了，但那種口紅必須要想像微弱的燭光搖曳，才能夠理解它的魅力。古人刻意將女人的紅唇塗成青綠色，又裝飾許多螺鈿，讓那豐艷臉龐變得毫無血色。一想到那在華燈搖曳陰影下，年輕女子嫣然一笑輕啟那閃爍著鬼火般綠色的雙唇，黑漆色的牙齒若隱若現，那臉龐實在是白到不可能更白了。

至少在我腦中描繪出的幻影世界裡，比任何白人女性都要來得白。白人的白皙是一種透明、一目了然而隨處可見的白，但那是一種不似人類的白。又或者該說，那種白其實根本就不存在。那只是光影醞釀出的惡作劇，或許只存在於轉瞬當下。但我們覺得這樣也好，並不奢求更多。接下來除了思考這種臉龐白皙的問題以外，我也想談談包圍在那周遭的黑暗色調。

大概是幾年前吧，我帶著來自東京的客人前去島原的角屋遊蕩，曾見過令我難以忘懷的黑暗。說起來那「松之間」後來因為火災燒毀了，那是非常寬敞的房間，僅僅使用燭台照亮的大廳中，那種陰暗與深沉絕非小房間的昏暗可與其相比。就在我進到那個房間的同時，那剃去眉毛且染著黑牙的年長侍女便恭敬地拿著燭台站在大屏風前，光亮的世界只有兩張榻榻米那麼大，而屏風後方那高聳濃烈的單一色黑暗從天花板一路低垂下來，微弱的蠟燭火光無法穿透那黑暗，就像是被一堵黑色牆壁給擋了回來。各位曾見過這種「燈火照出的黑暗」嗎？這和夜路上的黑暗那種似乎是不太一樣的物質，看起來就好像充滿細小灰塵般的粒子，每個粒子都帶著虹彩般的閃爍光芒。我總覺得那些粒子就要落入眼中，忍不住眨了眨眼。

今日一般流行縮小房間的面積，通常都會蓋成十、八甚至只有六張榻榻米大小的房間，就算是點蠟燭也無法重現那種黑暗的顏色，不過以前的宮殿和青樓等地的天花板都很高、走廊也非常寬，一般都將房間隔成幾十張榻榻米大小，那種房間想必總是籠罩在這樣的黑暗雲霧之中吧。而那些尊貴的婦女們也就浸泡在黑暗的液體當中。從前我曾在《倚松庵隨筆》中提過這件事情，不過現代人已經習慣電燈的光明太久，所以早遺忘了曾經有過這種黑暗。特別是屋內「眼可見之闇」裡頭總有種閃閃爍爍、若隱若現的東西，很容易引發幻覺，有時候甚至比屋外的黑暗還要更森森然。

什麼魑魅魍魎還是妖魔鬼怪會飛撲而來多半是因為這樣的黑暗，而在這片黑暗中沉沉垂下簾帳、居住在重重屏風及拉門包圍之後的女人，不也是屬於那些魑魅魍魎嗎？黑暗肯定是用了十幾二十層包裹那些女人，甚至填滿了領口、袖口、衣襬疊合處等所有空隙。不，看這情況或許黑暗是從她們的身體中、從那染了牙齒的口中、從黑髮的髮尾中、有如土蜘蛛吐出蜘蛛絲般地冒出來也不一定。

○

前幾年武林無想庵[18]從巴黎回來的時候曾說，和歐洲的都市相比，東京及大阪的夜晚實在格外明亮。就算是巴黎，在香榭大道正中央都還有點著提燈的住戶，在日本除非到了偏鄉山腳下，否則根本沒哪戶人家還在點油燈。想來全世界電燈使用最奢侈的國家就是美國和日本了吧。這也是因為日本不管什麼事情都要學美國。無想庵說這話的時候是距今四五年前，那時霓虹燈還沒開始流行起來，下次他回來的時候恐怕要對這等亮度更加吃驚了吧。

另外還有《改造》[19]的山本社長也曾告訴我，以前他帶愛因斯坦博士前去京阪的路上，火車經過了石山一帶，眺望著窗外景色的博士忽然說什麼：「唉呀，那裡也太多浪費的東西了。」詢問一下才知道他指的是那一帶的電線桿之類的竟然大白天也點著燈。山本先生解釋著說：「愛因斯坦畢竟是猶太人，很在意那種小地方呢。」不過美國也就罷了，和歐洲相比的話，日本似乎在開電燈這方面的確是相當大方。提到石山，還有件趣事，就是今年我正想著該去哪裡賞月好的時候心想就去此處吧，好不容易把目的地縮小到石山寺。結果在中秋前一天看到新聞報導說，石山寺為了增添明晚賞月客的興致所以裝好了擴音器，將會播放月光奏鳴曲的唱片給大家欣賞。我看到這篇報導，馬上決定不去石山。擴音器當然令人困擾，更重要的是會這麼做的地方肯定也在山上到處妝點了電燈和燈飾，搞得熱鬧非凡吧。

以前我也曾經因為這樣而掃了賞月的興致。那是有一年中秋我想去須磨寺的池子泛舟，呼朋引伴帶了餐盒一起前往該處，沒想到那池子周圍已經被五光十色的電燈裝飾包圍，月光根本若有似無。左思右想看來，近年我們已經對電燈麻痺，對於照明過剩引起的不便早就不痛不癢。賞月的時候也就算了，就連客廳、餐館、旅館、飯店等處也都過於浪費電燈。畢竟招攬客人還是有幾分需求，但是夏天在天還亮的時候就點燈，不僅浪費還讓空間更加炎熱。夏天我不管去哪裡都因為這樣而虛弱疲憊。外頭明明涼涼的，房間裡卻是酷暑，有十成十的原因就出在電力過強或著燈泡過多，試著關掉一部分電燈之後馬上就會感到涼爽，但很多地方不管是地主還是客人都沒有發現這件事情，真是奇怪。

18　1880-1962，翻譯家兼小說家。
19　大正到昭和期間發行的社會派雜誌，谷崎潤一郎也曾在本雜誌上連載《卍（萬字）》。

原本室內的燈火就是冬天亮些、夏天應該暗些。這樣比較能夠帶來徐徐清風，蟲子也不會飛進來。然而硬是大開電燈，又說什麼實在太熱而開電風扇，光是用想的就覺得煩。幸好日式房間的熱氣還能往外四散，勉強可以忍受，然而飯店的西式房間通風很差，而且地板、牆壁、天花板都會吸取熱氣從四面向裡頭反射，實在令人難以忍受。

要講出真實案例實在有些對不起他們，不過曾在夏天晚上去過京都的都酒店大廳的人應該都相當同意我的說法。那飯店位於高台坐南朝北，將比叡山、如意嶽、黑谷塔、森林及東山一帶青翠山巒盡收眼底，看了實在心情舒暢，因此更加覺得惋惜。夏天傍晚想著正應來眺望山紫水明、沉浸於爽快的心情中，希望此處涼風滿樓而前來，結果白色天花板上嵌滿了大片乳白色玻璃罩子，耀眼奪目的電燈在裡頭熊熊燃燒。而且這些年的洋房天花板都很低，簡直就像火球在頭上團團轉，何止是熱，連身體裡都燙得跟天花板附近沒兩樣，從頭到領口一路延伸到脊椎都像是有火在燒。那火球就算只有一盞也能提供充分照明，沒想到居然有三四個一樣的東西在天花板上發亮。除此之外沿著牆壁和柱子還另外裝上好幾個小的，這些東西除了趕跑各個角落的陰影以外，一點用處都沒有。也因為如此，室內完全看不到任何陰影，放眼望去是白色的牆壁、紅色的巨柱，還有如馬賽克拼接而成的色彩華麗地板有如剛印出來的石版畫映進眼裡，這也讓人感覺悶熱。

從走廊過來此處，溫度的差異更是顯著。在大廳裡就算是有清涼的夜風徐來，也馬上就變成熱風、毫無幫助。那是我以前常去住宿的飯店，因為覺得還算熟稔所以客氣向他們提出了建議，畢竟那樣景觀優秀、最適合夏日乘涼的地方完全被電燈破壞掉，實在很可惜。

我想日本人當然會同意，就算是喜歡光線的西方人，在那樣的暑熱中應該也不會反對吧。無論如何只要關掉一次電燈看看，大家應該馬上就能諒解。不過這只是舉個例子，並不是只有那間飯店如此。大概只有使用間接照明的帝國飯店才沒什麼好挑剔，不過我還是覺得夏天可以稍微再暗一些。再怎麼說現在室內的照明用來應付讀書、寫字或針線活都不是問題，演變成拼命想消除所有角落的陰影，這種想法和日式房屋中美的概念根本勢不兩立。個人住宅由於經濟問題而會節省電力，所以反而比較恰當，但是做生意的店家不管是走廊、樓梯、玄關、庭院甚至是大門，都是電燈過多的狀態，也讓房間和庭園裡的泉水石子等變得相當膚淺。冬天雖然會因此變得溫暖也是件好事，但是夏天晚上無論逃往多麼幽靜的避暑地，到了那裡卻發現旅館大多和都酒店一樣，令人感到悲傷。所以我相當明白，在自家將四面八方的遮雨窗都打開，在伸手不見五指的黑暗中吊起蚊帳納涼，才是最棒的方法。

○

先前我似乎在哪本雜誌還是報紙上讀到一篇報導是英國老太太們的牢騷，說她們自己在年輕的時候都對老一輩的敬愛有加，但現在的年輕女孩根本不理會她們，還認為老人就是骯髒東西、甚至不願意靠近，感嘆著今非昔比人心不古。雖然我也覺得很感嘆，看來每個國家的老人都有相同的感受，但這也可能是因為人類隨著年齡增長，無論是什麼事情都會覺得過去比較好。因此一百年前的老人會傾慕兩百年前的時代、兩百年前的老人思慕三百年前的時代，沒有一個時代會滿足於現狀。尤其是近來文化腳步速度驟升，我國的情況又比較特殊，明治維新的上一次變遷距今大概都已經三五百年前的事情了。會這樣說的我或許也到了會模仿老人語氣的年紀，感覺實在可笑。

然而現代的文化設備確實是一味討好年輕人，逐漸打造出一個對於老人相當不親切的時代。比方說路口要根據紅綠燈來決定能不能過去，就讓老人無法安心上街。若是能搭著汽車出門的人也就算了，像我這種人偶爾去個大阪，光是從馬路這邊走到那邊就渾身緊張。那告知前進或停止的紅綠燈若是在路口正中間還容易看得清楚，偏偏放到一邊的半空中，令人很難找到那個閃著紅綠光芒的電燈；要是比較寬的馬路，還會看錯到底是直行還是橫向用的號誌燈。京都甚至還站了交警在一旁，我覺得真的是要完蛋了，如今要品味純日本風的城鎮情趣，就得到西宮、堺、和歌山、福山之類的偏遠都市去了。

食物方面在大都會要找到能合老人家口味的東西也是相當傷神。先前還有記者來訪問我，要談談有沒有什麼奇怪的美食，我介紹的是吉野地區山間偏鄉之人所吃的一種叫做柿葉壽司的做法。我順便在這裡介紹給大家。要先準備好一杯米配一合酒，然後煮飯。酒要在鍋子沸騰時加入，等到飯煮好了並放到完全冷卻，再用手沾鹽巴捏緊，這個時候手上絕對不能有水分。秘訣就在於只使用鹽巴來捏壽司。之後將切成薄片的鹽漬鮭魚放在飯上，然後拿柿葉正面朝內把壽司包起來。柿葉和鮭魚都要先用乾燥的布料將水分擦乾，包好以後可以用壽司桶或者飯桶，記得要先把裡面完全晾乾，再把壽司放進去。務必要塞到不留下任何空隙，放上桶蓋之後，將壓醃漬物的石頭之類的重物放在上面。若是晚上做的話，第二天早上就可以吃了，那天會是最美味的時候，可以放個兩三天沒問題，吃的時候也可以用蓼葉沾點醋灑上去。

去吉野遊玩的友人因為覺得太過美味請人家教他做法，後來又傳授給我。只要有柿樹和醃魚，不管哪裡都能做這道料理。最重要的就是絕對不能有水分、還有飯一定要完全放涼，所以我也試著在家裡做做看，確實相當美味。鮭魚的油脂和鹹度滲入飯中恰到好處，鮭魚本身反而變得有如生魚片般柔軟，實在滋味絕佳一言難盡。

這和東京的握壽司有著不同的美妙滋味，對我來說這比較合胃口，所以今年夏天幾乎天天吃。話說回來沒想到鹽漬鮭魚竟然還有這種吃法，令人不禁佩服物資缺乏的山上人家能有如此發明。後來我試著打聽這類鄉土料理，看來鄉下人的味覺比現代都市人要來得靈敏許多，以這層意義上來說他們其實吃得比我們以為的還要奢侈。

有些老人覺得看透都會而隱居鄉間，但如今就連鄉下城鎮也都裝設了華麗的路燈，一年比一年變得更像京都那樣，實在令人無法安心。如今文明更上層樓，交通工具移到空中或者地下，因此也有人說城鎮路面終將恢復過往的寧靜，但到了那時候，肯定又會有許多欺負老人家的新穎設備。結果老人們在外面已經沒有立足之地，只能躲起來蘊居自家，做點小菜配杯酒、聽聽收音機。或許大家會說只有老人家才會說這種話，但我認為並非如此。近來大阪朝日新聞的「天聲人語專欄」中就嘲笑政府官員打算在箕面公園裡開一條觀光車道，因此濫墾濫伐森林、讓山頭變矮，讀了這篇社論以後更堅定了我的想法。若是連深山樹木下的陰影都要剝奪，那實在是太沒有人性了。這樣下去不管是奈良、京都或者大阪的郊外，那些被稱為名勝的地方大眾化以後，就會那樣慢慢變成光禿禿的山頂。

不過，這畢竟是我個人的抱怨，我相當了解現代的各種方便之處，更何況事到如今日本已經走在西洋文化的路線上，也只能拋下老人之類的勇往直前。但只要我們的膚色沒有改變，那麼我們也要有這個覺悟，就是必須永久背負這些損失前行。我之所以會寫下這些東西，也是希望在某些方面，比方說在文學藝術等處或許還留有一些彌補那些損失的方法。我希望至少能在文學的領域當中，喚回我們已經失去的那個陰翳世界。我想試著加長文學這個殿堂的屋簷、抹暗牆壁、將過於亮眼的東西都塞進黑暗之中，也想扯下那些無用的室內裝飾。不需要整排屋子都如此，但有個一間也好吧。

至於會有什麼效果呢？就試著先關掉電燈吧。

附錄〈谷崎潤一郎生平年表〉

年份	年齡	事蹟
1886年	0	7月24日出生於東京日本橋，為家中長男。
1890年	4	弟弟谷崎精二出生，為日本知名作家。
1897年	11	國小畢業，受稻葉清吉老師影響，開始對文學產生濃厚興趣。
1898年	12	與學長和同學創辦校園雜誌《學生俱樂部》。
1901年	15	家道中落，由稻葉清吉老師資助就學。
1908年	22	進入東京帝國大學就讀國文科，兩年後因繳不出學費離開學校。
1910年	24	與小山內薰等人創辦第二次的《新思潮》文學雜誌。發表短篇小說《刺青》、《麒麟》受永井荷風的激賞，確立文壇地位。
1912年	26	發表短篇小說《惡魔》。
1916年	30	發表長篇小說《鬼面》。與石川千代子結婚，隔年生下長女鮎子。
1917年	31	母親過世，開始與芥川龍之介、佐藤春夫來往。
1918年	32	前往朝鮮、中國北方和江南一帶旅行。返國後擔任中日文化交流顧問。發表短篇小說《小王國》。
1921年	35	愛上千代子的妹妹，夫妻感情失和。友人佐藤春夫因同情而對千代子動心。原本協議將妻子讓給好友，然而谷崎因遭妹妹拒絕而反悔，兩人因此絕交，文壇稱之為「小田原事件」。

年份	年齡	事蹟
1922年	36	發表獨幕劇《禦國與五平》。
1923年	37	9月1日，關東大地震發生，全家搬到關西，寫作風格開始帶有大阪方言和特有的風土人文。
1925年	39	發表長篇小說《痴人之愛》。
1926年	40	年初，再度前往中國上海旅遊，並結識文人郭沫若。
1926年	41	與芥川龍之介論爭，芥川於谷崎41歲生日當天自殺。
1928年	42	發表《卍》。
1930年	44	與千代子、佐藤共同發表協議。谷崎正式與千代子離婚，佐藤與千代子結婚，兩人恢復友誼關係，為知名的「讓妻事件」。
1932年	46	發表《武州公秘錄》。
1933年	47	發表短篇小說《春琴抄》。
1937年	51	受選為日本帝國藝術院會員。
1939年	53	發表隨筆評論作品集《陰翳禮讚》。於1955年譯為英文版，在美國打開知名度，隨後也出版法文版。其中的日本古典美學、藝術與生活的感性，對法國知識圈造成重大影響。

1948年	62	發表長篇小說《細雪》，獲得每日出版文化賞及朝日文化賞。1950年代開始被翻譯成英文，隨後也出版各國語言版本。為其知名代表作。
1949年	63	獲得第八回日本文化勳章。
1950年	64	發表《少將滋幹之母》。
1951年	65	由於高血壓病況加重，搬到靜岡縣熱海靜養。發表《源氏物語》口語譯本。
1956年	70	發表《鑰匙》。
1958年	72	出現右手麻痺的中風現象，此後作品都用口述方式作成。
1960年	74	由美國作家賽珍珠推薦提名諾貝爾文學獎，是日本早期少數幾位獲得提名的作家之一。
1962年	76	發表《瘋癲老人日記》，獲得每日藝術大賞。
1964年	78	獲選為日本首位全美藝術院美國文學藝術學院名譽會員。
1965年	79	住進東京醫科大學附屬醫院治療病情，出院後前往京都旅遊。7月30日因腎病去世，享年80歲。葬於京都市佐京區的法然院。

日本經典文學

陰翳禮讚：
谷崎潤一郎 經典散文集
（附紀念藏書票）

2024年1月29日 初版第1刷 定價300元

著者 谷崎潤一郎
譯者 黃詩婷
總編輯 洪季楨
編輯 陳亭安．葉雯婷
封面設計 王舒玗
內頁設計 王舒玗
編輯企劃 笛藤出版
發行所 八方出版股份有限公司
發行人 林建仲
地址 台北市中山區長安東路二段171號3樓3室
電話 (02)2777-3682
傳真 (02)2777-3672
總經銷 聯合發行股份有限公司
地址 新北市新店區寶橋路235巷6弄6號2樓
電話 (02)2917-8022．(02)2917-8042
製版廠 造極彩色印刷製版股份有限公司
地址 新北市中和區中山路二段380巷7號1樓
電話 (02)2240-0333．(02)2248-3904
郵撥帳戶 八方出版股份有限公司
郵撥帳號 19809050

國家圖書館出版品預行編目(CIP)資料

陰翳禮讚：谷崎潤一郎經典散文集／谷崎潤一郎著；黃詩婷譯.
-- 初版. -- 臺北市：笛藤出版, 2024.01
面； 公分
ISBN 978-957-710-912-5(平裝)

861.478 112022519

版權所有，請勿翻印
©Dee Ten Publishing Co.,Ltd.
Printed in Taiwan
（本書裝訂如有缺頁、漏印、破損請寄回更換）